2
【音属性《ハズレ属性》】で
追放されたけど、実は唯一無詠唱で発動できる
最強魔法
でした
路紬
イラスト つなかわ

【過剰衝撃音《オーバーショックサウンド》二重奏《デュオ》!!!!】

時の長老へ告げる。
黄金の栄光、四方を囲う聖なる獣、
我が魂に刻まれし黄金の落日
我が祈りに加護よ在れ。
【結界魔法：時の翁の大あくび《クロノス・クロックダウン》】

CONTENTS

Presented by
Michitumugi × Tsunakawa

ハズレ属性【音属性】で追放されたけど、実は唯一無詠唱で発動できる最強魔法でした2

路紬

GA文庫

カバー・口絵　本文イラスト
つなかわ

序　章『第一王子の独白』

これは俺《おれ》の弱さだ。

俺ではこの王国の腐敗を否定できない、止めることはできない。

天より与えられた才能、女神より与えられた属性が王国の腐敗を否定してはならぬと言っているのだ。

ならば俺は、俺の無力さ、俺の醜さを肯定して、君に希望を託す。

どうか変えてくれ。十年以上に及ぶこの国の腐敗と停滞に決着をつけてほしい。

君ならばできる——否《いな》、君でなくてはならないのだ。

君がルルアリアの友として、ルルアリアの想《おも》い人ならば。

俺を倒し、緩やかに滅びゆくこの国を救ってくれ。

俺は君の敵として君の前に立とう。

アルバス・グレイフィールド。決闘の場にて君を待つ。

第一章『英雄祭』

「アルバス様！　英雄祭の時期がやってきましたよ！」

グレイフィールド領での戦いからはや一ヶ月。

僕は治療という名目で王城にいた。戦いで負った傷は多いけど、その大半が完治。魔法も問題なく使える。

流石《さすが》に身体を動かなさすぎるのも毒ということで、今はルルアリアの農作業を手伝っている。

「英雄祭って……そうか、もうそんな時期なんだ」

英雄祭。

王国で一年に一度開催される大きなお祭りだ。その期間は十三日間。この期間は他の国からも多くの人がやってくる。

「そうですよ。大兄様《おおにい》も直《す》ぐに帰ってくると思います。もしかしたらもう、王城にいるかも……」

「大兄様って第一王子……？」

「はい。この時期になると必ず帰ってくるんですよ」

ルルアリアは嬉《うれ》しそうな表情だ。

魔法に打ち込んで、世間にあまり興味がなかった僕でも第一王子はハッキリと覚えている。

「ザイール・ネフレミア・フォン・アストレア。通称、英雄王子。僕やルルアリアみたいに単一の属性使いではなく……」

「はい、大兄様は四属性持ちです」

僕の二つ上の十八歳で、若くして多くの功績を残している。

飛竜《ドラゴン》の単独討伐、古代遺跡から古代の魔道具の発掘、新魔法の開発などなど、彼が残した功績は数知れない。

そして、特筆すべきは魔法の才能。

四属性持ちの魔法使いで、そのうちの三つは四大属性である火、風、土。残った一つも四大属性に続いて魔法の種類が多い闇《やみ》という優れた属性を発現させている。

噂《うわさ》ではそれら全《すべ》てを使いこなし、魔力量もとんでもなく多いと聞く。直に見たことないから、どれほどのものなのだろうか……？

「今は外国に留学しているんだっけ？」

「はい。魔法や次期国王としての勉学のために、学園国家と呼ばれる場所に行っていますよ」

学園国家。噂では学園そのものが国となった特異的な国という話だ。

ザイールはそこに留学していて、王国にはほとんどいない。先程ルルアリアが言った通り、英雄祭が行われるこの時期だけ王国に帰還する。

「……そういえば、僕、英雄祭って何をやるのか知らないんだよね。第一王子が帰ってくるくらいだから、何かあるのかい？」

「も、もしかしてアルバス様は英雄祭に参加したことないのですか？」

珍しくルルアリアの声が震えている気がした。

僕は過去を思い返す。魔法の練習や研究に打ち込んでいたせいで、英雄祭の時期になっても王都に行くことはほとんどなかった。

「うん……多分ないかな」

「ええ⁉　それでも王国民なのですか⁉　アルバス様‼　王都の近くに住んでいたというのに一度も参加していないなんて……あり得ないです‼」

そこまでのことなのか⁉　人が多いところが苦手だったり、魔法に夢中すぎてぶっちゃけ他のことに興味がなかったり……あれ？　ルルアリアの言うこと間違っていないのでは？

「屋台に出店、様々な行事……そ、れ、に！　英雄祭の見どころといえば王族による決闘行事！　決闘祭‼　これを知らないなんてアルバス様、人生の九割は損していますよ‼」

「人生の九割ってほとんどじゃん……って、王族？　ということはルルアリア王女様が戦ったりするのかい⁉」

王族が戦うって……ルルアリア？　え？　マジなのか？

「私としては歓迎ですけど、残念なことに大兄様の役割なんですよねそれ」

「歓迎なんだ……、そして残念なんだ……」

ルルアリアの表情は少し残念そうだけど、それはそれとして自分の兄の活躍が見られてワクワクしているみたいな感じだった。

しかし決闘祭は少し気になる。

ザイール第一王子が誰《だれ》を選ぶのか、そして四属性持ちがどんな魔法を使って戦うのか興味がつきない。

「その決闘祭はどんな日程でやるの？」

「お、少しは興味でてきたっていう顔ですね。

決闘祭は英雄祭の初日に、王族が決闘を申し込みます。主に王族としての威光を示すためですね。昔は当時の最強騎士だったらしいですが……。

話が脱線しました。とまあ七日目に決闘をする感じですね」

真ん中の日にやるんだ……。ん？　ということは。

「八日目以降は何をやるんだい？　決闘は七日目に終わりっぽいけど」

「八日目以降は別のイベントですね。騎士による大規模演習とか。大規模演習もすごいんですよ。なにせ各地からえりすぐりの騎士が参加するんですからね」

大規模演習か……それはさぞかし壮観なのだろう。

「それでどうでしょうか？　私と共に英雄祭に行ってみるつもりは……」

「ああ、それで英雄祭の話に繋《つな》がるのね……。うーん、確かに英雄祭に行ってみるのもありなんだけど、僕よりもルルアリア王女様の方が心配で」

「……へ？　私に何か心配要素ありますかね？」

ルルアリアは間の抜けた声を出す。

王女様というやんごとなきお方がお祭りという多くの人が集まる場所に行くというのはどうなんだろうか……？

「彼が心配する理由も分かるぞ。お前は昔から目を離すとすぐに無茶をするからな！」

「僕が言えたことじゃないけどそういうことです。それにお祭りなんていう多くの人が集まる場所に連れて行くのも気がひけるというか……」

「なかなか良いことを言うな彼は！　そうだ！　お前に悪い虫がついては俺《おれ》は夜も眠れない！　呪《のろ》いの時だってそうだ。聞いた時は飛んでいきたい気分だったぞ！」

「……ところで」

僕は視線を後ろに向ける。

そこに立っていたのは……そう、言い表すなら『巨大な黒』だ。

身長は百九十センチはあるだろう。上から下まで黒一色なのだ。これは多分この服装はこの人の趣味だろう。黒い髪に、黒の瞳《ひとみ》……本当に黒ばっかりだなこの人。

「あなたはどちら様ですか？」

「む、もしや俺のことを知らないのか。俺はお前のことをよく知っているぞアルバス・グレイフィールド」

低くもよく通る声が僕にそう告げる。

……僕って自覚していなかったけど、割と有名人だったりするのか？

いやいやそれよりも！　僕を知っているこの人は一体誰なんだ⁉

「あ、大兄様。お久しぶりです」

大兄様⁉

今、ルルアリア大兄様って言った⁉

「久しぶりだな我が妹よ！　声が出ない呪いにかかった時には飛んでいきたい気持ちだったが、あいにく向こうでとんでもない事件に巻き込まれてな！　会いに行くことはできなかった！すまない！」

「いえ、大丈夫ですよ大兄様。こうして、現に私は声を取り戻したわけですし」

「なんと優しいのだ我が妹よ。アルバス・グレイフィールド、お前もそうは思わんか？」

「え⁉　あ、はい。そうですね」

妙に高いテンションの人と、いつも通りのルルアリアのテンション、この会話についていけない自分がいる。

大兄様……ということはこの人が第一王子、ザイール・フォン・アストレアなのか……？

「お手紙でもお伝えした通り、アルバス様に声を治してもらったのですよ」

「そうだったな！　アルバス・グレイフィールド、お前には感謝している！」

「いえ……！　僕は僕のやれる限りのことをやっただけですので……！」

「はっはっはっ！　国中ひっくり返してもそれができなかったというのに愉快な男だ。彼はいつもそうなのか？」

「ええ。自己評価と実力が妙に嚙《か》み合《あ》わないんですよねアルバス様って」

……自分としてはまだまだ未熟だと思っていたけど、どうやら他の人から見たらそうではないらしい。ううむ……これを機に自己評価を改めてみよう。

「しかし音属性か。あの様々な属性、様々な国、様々な魔法使いが集まる学園国家でも見たことがない珍しい属性だ。王国に魔法書はあったのか？」

「ええ……。偶然にも一冊。後、ギルドマスターが用意してくれるとかなんとか」

そういえばエレノアが魔法書を用意してくれるという話があったよね……。またどこかのタイミングで取りに行かないと。

しかし、本当に珍しい属性なんだ音属性。

「あの魔女とも知り合いか！　流石はグレイフィールドの神童といったところか」

「魔女っていうと、先生に怒られますよ、大兄様。あの人、とんでもない地獄耳ですから」

エレノアってギルドマスターだったり、魔女だったり、先生だったり、いろんな呼ばれ方をしていみたいだ。確かに得体のしれなさで言えば、魔女というのも納得だけど。

「それで？　幻影を飛ばしてわざわざ来たんでしょう？　何か用事でも？」

ルルアリアが少し呆《あき》れたような口調で切り出す。

幻影……確か闇属性の魔法だったはずだ。自分の分身を任意の場所に作り出すというもの。練度が高くなると意識や感覚を共有できたりするんだっけか。

「よく気がついたな我が妹よ。前回よりもかなり精度を上げたと思ったが」

「私の目を誤魔化《ごまか》すことはそうそうできませんよ大兄様。それに大兄様の幻影は昔から見慣れていますので」

「はっはっはっ確かにそれもそうだ。なに、件《くだん》のアルバス・グレイフィールドがどんな人物か知りたくてな。国境を越えた辺りから幻影を飛ばしている」

国境を越えた辺りから⁉

国境から王都まで馬車でも数日はかかる距離だ。そんな遠距離から魔法を使うなんて、とんでもない実力者だ。

「そして幻影を通してみたが……アルバス・グレイフィールド。うむ、俺の相手に相応《ふさわ》しい実力者とみた」

「それは……どういう？」

「本気なのですか⁉　大兄様‼」

僕とルルアリア、同時に反応を見せたが、その反応は違うものであった。僕が困惑で、ルルアリアが驚愕《きょうがく》といったところだろうか？

「ああ、本気だとも。決闘祭までは時間がある。となれば、アルバス・グレイフィールドのコンディションも万全になるだろうと俺は踏んだ。故に俺はお前に」

幻影から発せられる言葉、射抜くような視線。

目の前にいるザイールが、僕にこれ以上ない緊張感を与えてくる。

「決闘祭での決闘を申し込む」

ごくりと唾を呑《の》み込む。

この人をじかに見ているわけではない。ただ、なんとなく直感している。この人、僕よりも遥《はる》かに強い！

正味、グレイフィールド領でのアイザックとの戦いの方がまだ勝利が見えていた。しかし、この人相手にはそのビジョンすら見えない。

「……と言いたいところだったのだがな。あいにく今年は弟との約束がある。まだお預けだな」

「ああ～～～!!　心臓に悪い冗談はやめてください大兄様!!　いくらなんでもこれはタチが悪すぎますよ!!」

ルルアリアは大きな溜《ため》息を吐いた後、怒り心頭といった様子だ。

正直、僕は残念な気持ち半分、どこか安心してる気持ち半分だった。今の僕ではザイールに十回挑んでも十回とも負けてしまうだろう。

そんな実力差を感じたから安心してる気持ち半分、同時にその戦いの中でさらなる成長が望めると思ったから残念な気持ち半分といった具合だ。

「アルバス・グレイフィールドがルルアリアに相応しい人物かどうか見極めようとは思っていたのだがな。流石にブレイデンとの約束はむげにできん。

兄としては少々、アルバス・グレイフィールドに思うところがないわけではないがな」

「大兄様が見極めるまでもなく、アルバス様はとてもいい人ですよ。少し無茶をする場面はありますが、根性のある、素晴らしい人物です！」

あ、無茶する人って思われてるんだ僕……。まあでもルルアリアの言う通り、少し無茶しすぎなところはあるかもしれない。

「まあ、アルバス・グレイフィールド。代わりと言ってはなんだが決闘を楽しみにしておいてくれ。ブレイデンも俺と同じく、かなり強いぞ。なんなら俺と違って、ブレイデンは王城にいるからな。機会があれば声をかけてみるといい」

「ブレイデン……確か第二王子……」

僕とルルアリアの一つ上の年齢だった気がする。第一王子であるザイールに比べたら知名度は低く、あまりパッとしない人だ。

そういえば王城にいるのに、一度もその姿を見たことがなかったなと今さらながら思う。

「さて、そろそろ時間だな。数日後、会える日を楽しみにしているぞ。アルバス・グレイフィールド」

「こちらこそ、今日は会えて良かったです」

魔力が弱まり、幻影が消えていく。しかし、すごい圧迫感だ。ぱっと見だと魔力量は僕よりも多くなさそうだけど、その分対面した時の圧迫感が強い。

相当鍛錬と戦闘経験を積んだ魔力だ。それに授《さず》かったという四つの属性。それぞれが強く絡《から》み合うことで、これだけ強い圧迫感を生んだのだろう。

恐らく、その実力は今の僕では測れない。

「けど……少し残念だったかな。ちょっと戦ってみたかったけれど……」

「む、ダメですよ！　アルバス様はまだ絶対安静というか、変に戦えばまた無茶するんですから!!」

強く釘《くぎ》を刺されてしまった。

ルルアリアが怒りを多少含ませながら、僕にこう言うのも無理はない。

どうやら僕は格上の相手ほど、無茶をして戦ってしまうようだ。アイザックの件がいい例だろう。あの時のアイザックは間違いなく、僕よりも格上だった。

その戦いの代償がまだ右腕に残っている。焼け焦《こ》げた右腕。機能としては回復しているけど、

焼けた皮膚は元に戻っていない。

「……そうですね。無茶はできませんよね。貴女《あなた》にこれ以上心配させるわけにもいきませんので」

「そうですよ。それにアルバス様には来る英雄祭にて大仕事をしてもらう予定なのですから！」

……ん？　大仕事？　待て待て。

いやそもそも今の僕って立場的にどんな風なんだ？　ただの冒険者ではなさそうだし……一般市民……っていうわけにもいかない。それで大仕事？　聞いていないが？

「ち、ちなみにどんな仕事で……？」

「決まっているでしょう！　私の護衛をしてもらいますよ！」

＊＊＊

「……どういうことだ？　もう一度言ってもらおうか」

鋭く重い声が響き渡る。

アストレア王国第一王子。ザイール・フォン・アストレアは、目の前にいる吊るされた肉塊のような体型の中年男性に対してそう口にした。

「フォフォフォ。何度も言わせなさんなザイール王子。我々の要求は一つ。

こたびの決闘、アルバス・グレイフィールドを選びなさい」

威圧するようなザイールの声を前にしても、怯《ひる》むことなくゆったりとした口調で、中年男性はそう口にした。

「ファッティ大臣。今年は弟との約束がある。兄として第一王子として……それを撤回しろと？」

「そうしろと言っているのだよ。君にしては察しが悪い。頭に血が上っているのかね？」

ザイールは反射的に何かを言おうとして、それをすんでのところで止める。

ファッティ大臣。彼の言う通り、ザイールは冷静さを欠いている。突然要求されたことに。

ファッティ大臣だけではない。国王の側近であり、それぞれが王国運営のために重要な機関を担《にな》っている多くの大人たちの要求。

――それはアルバス・グレイフィールドと決闘をしろということだった。

否《いな》、もっと言うと……。

「アルバス・グレイフィールドを敗北させなさい。いかなる手段を使ってでも。無論、君がうなずけば我々は最大限できることをしようじゃないか」

「……俺に誇りを捨てろと？　正々堂々の決闘。約束を違《たが》えただけではなく、神聖なる決闘に汚《けが》せというのかお前たちは!!」

ザイールが声を荒げる。

そんなザイールとは対照的に、ファッティ大臣たちは口元をニヤリと歪《ゆが》ませていた。

「それよりも問題なのだよ。君の妹が四大属性を発現させなかっただけでも由々しき事態だと言うのに、その妹が想《おも》いを寄せている者がハズレ属性だなんて。国家の運営に差し支えることなのだ」

「……違うだろう！　国家の運営ではない！　お前たちの立場だろうに!!」

この国の歪み。

アルバス・グレイフィールドがグレイフィールド家を追放された理由。それがこれだ。

四大属性至上主義。王国の貴族たちが掲げ、今や王国に強く広まっている主義思想だ。

火、水、風、土の四大属性を至上のものとし、それ以外はハズレ。聞いたこともない属性など価値すらなし。王国はこの思想で成り立っている。

その主義によって恩恵を一番受けている者たちがザイールの目の前にいる大臣や貴族。彼らは自分が四大属性を持ち、優れた魔法使いであると声高々に口にし、今の地位を築き上げた。

故に、そんな者たちにとってアルバスやルルアリアは……。

「我々が築き上げた主義！　それを脅《おびや》かしかねないのだよ。ルルアリア王女はその属性ゆえに利用価値がある。しかし、アルバス・グレイフィールドにはそんなものないだろう？」

「だから決闘で負かして、ルルアリアから引き剝《は》がせと？　馬鹿《ばか》げている！」

「大人になりたまえよザイール王子。君なら分からぬことはないだろう？　今の主義が崩れればどんな悲劇が起こるのかを」

ザイールは歯噛《はが》みをする。

そう、この主義のもっとも大きな問題。それは否定してはならないという点だ。

現在、国家の運営、治安の維持、魔物や他国に対する防衛、ないし文明の研究開発、様々な分野において四大属性至上主義者はいる。

ハズレ属性を授かり不運な目に遭った子供はいるだろう。不遇な地位にある者はいるだろう。

しかし、それを加味してもなお、王国民はこの主義者たちによる恩恵を受けている。

もし、この主義が何者かによって脅かされ、もしくは否定されてしまったら……？

この主義が崩れ去り、ハズレ属性と呼ばれた者たちによる反乱でも起きたら？

今、この主義によって恩恵を受けている者たちが主義が崩れたと同時に、王国を見捨ててしまったら？　何かしらの手土産を持ち、より厚遇が約束された国に亡命でもしたら？

この国は根底からひっくり返ってしまう。

四大属性至上主義は否定できない。してはならない。

故にこの国はハズレ属性という数少ない弱者を見殺しにすることで成り立ってきた。アルバスが追放されたみたいに、存在そのものを否定することで成り立った国だ。

その歪みは果てしなく大きい。

「君に妹を手にかけろとは言っていない。ただ、アルバス・グレイフィールドを完膚なきまでに叩《たた》きのめし、その存在を否定しろと言っているのだ。

そうすれば君の妹も現実を知るだろう。幻想を捨てるだろう。絶望を知り、大人になるだろう」

「……づっ‼」

ザイールはほんの少しアルバスと話しただけだ。しかしそれ以上に妹であるルルアリアがアルバスに寄せている信頼や感情の深さは、手紙で知っている。

ルルアリアはザイールが完膚なきまでにアルバスを叩き潰《つぶ》そうとも、アルバスのことを信じるだろう。アルバスと離れることを良しとしないだろう。

そうなれば結末は決まってしまう。無理矢理引き剝がされる。

何かと理由をつけてアルバスとルルアリア、その二人は引き剝がされてしまうだろう。もう二度と会えないようになるかもしれない。

いやそれだけじゃなく、最悪は……。

「それに四大属性至上主義を否定できる立場ではないだろう君も。君は四大属性のうち、三つを発現させ、残る一つもハズレ属性の中では上々のもの。

君が英雄王子だの、優れた才能だの、魔法を開発した実績だのは、全て我々の恩恵ありきだろう？」

「……っ！」

四大属性至上主義が生み出したのはなにも歪みだけではない。

四大属性の魔法やそれらを強化する魔道具、それらを起点として組み上げられる戦術や軍隊などなど。四大属性を扱うという点では他国よりも圧倒的に発展している。

ザイールが飛竜の討伐や新魔法の開発、古代遺跡での発掘調査などの実績を立てられたのは、全てこの発展した環境があってのことだ。

その恩恵を受けているザイールは、この歪みを否定してはいけない。できないのだ。

「アルバス・グレイフィールドは異物！　我々の立場を脅かし、この国の安寧や秩序を乱しかねない悪!!　我々の国にハズレ属性によるイレギュラーはあってはならない!!　ハズレ属性に夢を持たせてはいけないのだ!!」

そんな環境において、多くの人々が成し得なかったルルアリアの声を取り戻し、グレイフィールド領での戦いでは上級魔族を単独で撃破したハズレ属性のアルバス。

今はまだその事実は一部の人間しか知らないだろう。しかし、いずれはアルバスはより多くの人に認知されるかもしれない。

そうなれば四大属性至上主義が揺るぎかねないのだ。ハズレ属性だけで多くの人が成し得ないであろう手柄を立てているアルバスを、彼らは容認できるはずがない。

「多くの人々が見る決闘！　これは実にいい機会だ。君が完膚なきまでに叩きのめせば現実を知るだろう。我々が正しいと理解するだろう!!

全ては平穏で秩序ある暮らしのためだ。協力してくれるね？」

「だ……だがっ！」

それでも引かないザイールに対してファッティ大臣はため息をつく。

その後、先ほどの声から一転。冷酷な声でザイールにこう告げた。

「じゃあ仕方ないねえ。国王様に進言して、君の弟、妹たちの処遇を考えてもらうしか。国を動かしているのは我々だ。我々の言葉とあらば、国王様もむげにはできないだろう？　君のせいでアストレア家は引き裂かれてしまうかもしれないねえ。

ああ、それとも君にとっては好都合かな？　なにせ君は次期国王の最有力候補。その立場を脅かす存在がいなくなるんだからねえ!!」

王国において、王族の立場は絶対ではない。

王族は初代国王の血を継いでいるというだけ。王族にしか成し得ないことがあるというだけで、実質的には王国を動かしているのは大臣などの貴族たち。

ファッティ大臣のこの脅しは通用してしまう。彼らにとっては王族が一人でも残ればそれでいいのだから。他がどうなろうとも国家の運営に問題はない。

「さあ、君はどうする？　断ってくれてもいいんだよ。そうすれば結末は一つ！　君は不幸をばら撒《ま》く存在として、一生その罪に悩まされながら生きていくという結末だけだ!!」

ファッティ大臣たちならやりかねない。アストレア家を引き裂くことも。何かと理由をつけて、兄弟たちを引き裂くことも。

その先に幸福な結末などありはしないだろう。彼らはいかに自分たちのために活用できるかしか考えていないから。

「我々は君の勝利を最大限支持する。君の実力を疑っているわけじゃないよ。ただ、万が一があってはいけないからねえ。アルバス・グレイフィールドは我が国を脅かす存在、王子としてしっかりと倒してもらわないといけないからねえ」

「…………はい」

ザイールはここで屈した。

王子として、ルルアリアたちの兄として、ありとあらゆるものを天秤《てんびん》にかけて、ザイールは彼らの言いなりになることを選んだ。

陰謀に包まれた英雄祭が刻一刻と近づいている。

第二章『四大属性至上主義とハズレ属性』

「明日はついに英雄祭ですよ‼　さあ！　張り切っていきますよ！」

「元気じゃのぅ。勢い余って声を出さないか心配じゃわい」

「流石《さすが》に大丈夫でしょう……。まあ僕らが色々とサポートすれば」

背後からめらめらと炎のオーラが出てそうなルルアリアを見て、僕とエレノアはそう呟《つぶや》く。

英雄祭前日。僕らは英雄祭の事前打ち合わせのため、王城の一室に集まっていた。

「さて、護衛の打ち合わせじゃ打ち合わせ。といってもルルアリアの出番はさほど多くないから楽じゃがのぅ」

「わざわざ私のために来てくださりありがとうございます先生。アルバス様もよろしくお願いしますね」

「ああ、うん。こちらこそ。しかし、ギルドマスターと一緒にルルアリア王女様の護衛か……」

僕はルルアリアの護衛としてこの場に立っている。明日から始まる英雄祭。ルルアリアの出番はさほど多くないとはいえ、何度か表舞台に顔を出すこととなる。

表向き声は治っていないことになっているため、諸々《もろもろ》の事情を知り、柔軟に対応できる僕とエレノアが護衛に選ばれた。

本来ならここに竜騎士エレインが交ざる予定だったのだけど……。

「竜騎士には今、重要な仕事を任せておる。英雄祭中には帰ってくると思うが……それまでは我々二人での護衛を前提にすべきじゃな」

「二人ですか……。ルルアリア王女様の出番は少ないですから、護衛は簡単だとは思いますが……」

「いや、そうも言っておれん。ここだけの話、怪しい動きをしてる奴《やつ》らがおる。これがその対象となり得る人物のリストじゃ」

ドサッと紙の山が置かれる。

え……嘘《うそ》でしょ？　こんなにも要注意人物がいるってこと？

それもチラ見した感じでは貴族から平民、王城内にもチラホラと……。これらを調べ上げた情報網は一体どんだけなんだ。まさかエレノア一人でやったのか……？

「なに、いい女には秘密の一つや二つあるのじゃよアルバス」

「……ん？　なんの話をしているんですか？」

「いやまあ、会話にすらなってないけど……後自然に思考読んで答えてくるのやめてください。心臓に悪いです」

ワッハッハッと笑うエレノアに対して、首を傾《かし》げるルルアリア。

うん、まあ、思考を普通に読まれたのは僕も予想外だった。顔に出てたのかなあ……？

「しかし、こんなに多いとアルバス様と先生の負担が大きそうですね……。やはり、誰《だれ》か呼ぶべきでは？」

「つっても誰を呼ぶんじゃ。諸々の事情を知っていて、信頼できるやつなんておらんじゃろ」

「アイザックとか……？　説明したら納得はしてくれると思うけど、どこにいるのか分からないんだよなあ……？」

多分、アイザックなら力になってくれるだろう。ただ、僕が目覚めた時にはもう王城にはいなかったし、それから一ヶ月は過ぎている。

アイザックは行方《ゆくえ》知れずのままだった。実家も燃えちゃったし……本当にどこに行ったんだろうか？

「アイザック・グレイフィールドは無理じゃ。あやつの実力はこ、こ、こ、この目で見たし、信頼に足るじゃろうが、そもそももう王国におらん。呼び出す手段が皆無じゃ」

「え……、アイザックの行方知っているんですか⁉」

エレノアの言葉はアイザックの行方を知っているみたいだった。王国にいないと断言し、エレノアとアイザックの間に関《かか》わりはないのに実力を見たと言っている。

僕が知らないところで二人に何かあったと考えるのが妥当だろう。

「……詳しい話は後じゃ。これ以上追加人員を望めないとなると、わしの魔法を使うしかなかろうて」

エレノアがそう口にするとエレノアの影が異様に伸びる。光源や光量を無視した影の伸び方……これは魔法か！

しかし、前一緒に戦った時は四大属性をはじめとして色々な属性を使ってた覚えがあるけど、影を操《あやつ》れるような属性はなかったはず。

じゃあこれはエレノアが隠していた属性？　ダメだ……候補が多すぎて思考がまとまらない。

「【円環する影蛇《ウロボロス》】」

エレノアがそう口にすると、エレノアの影から何かが飛び出し、それはルルアリアの影の中へと入っていく。

影を媒介とする召喚獣！

おそらくエレノアは影に何かを飼っているのだろう。魔法使いは連絡用に鳥に簡単な魔法をかけて使い魔にすることが多い。利便性に優れ、かつ無属性魔法のため誰にでも扱えるからだ。

しかし、それ以上の性能となると話は別。例えば魔法を使えたり、戦闘能力やその他特殊な能力を持つ召喚獣や使い魔を扱うのは至難の技。それにこの召喚獣……。

「魔力を感じない。というか、索敵音に引っかかりませんね」

「影に潜み、影と同化するのが特性じゃからな。同化している間は基本的に探知不可能じゃ」

探知不可能な召喚獣。ルルアリアが召喚獣に護《まも》られていることを知る術《すべ》はほとんどない。

ルルアリアを襲えば影の中から召喚獣が出てくる。それにこの召喚獣……一瞬しか見えなかったけどめちゃめちゃ強い！

「多分僕よりも強いですよねあれ」

「ん、まあな。ほぼわしじゃしあれ。わしが使える魔法のほとんどは使えるし、わしと同じ魔力量、同じ魔力出力を持っておる」

どんな高性能だよ……っ‼

ということは実質エレノア二人⁉　そんなのが護衛についているとは襲う側も予想していないだろう。ちょっとだけ同情する。

「でもこれってそんなに自由に使えるわけじゃないんですよね？　先生」

「そうじゃ。わしが近くにいる時はともかく、遠隔だとそこまで長持ちせん。複雑な行動もできんしな。なのでそれには、ルルアリアをもっとも効率的に護れと命令を打ち込んである」

一応なんでもできるわけじゃなくて安心した。まあそれもそうか。

エレノアとルルアリアの距離が一定範囲内なら好きに使えるだろうけど、距離が離れると複雑な行動もできず、活動時間に制限がかかってしまう。

「流石にこれを使う場面はごめんこうむりたいがのぅ。じゃがまあ、幸いにもルルアリアの出番は多くない。声の治療中ということもあって、ほとんどは顔見せだけじゃ」

「何事もなければお二方の負担はそこまで大きくないと思います。何事もなければいいのですが……」

「その何事もないようにするための打ち合わせだからね。魔法薬はいつもより沢山持たないと……」

おそらく明日からは索敵音を常に使い続けることになるだろう。索敵音だけなら魔力の自然回復で補完しきれる。

しかし、ここに他の魔法や索敵音を広域にしたりするとなると話は別だ。回復量よりも魔力の消費量が上回ってしまうため、徐々に削られる。

「特に移動時は注意したいのぅ。街中で襲ってくるとは考えにくいが、それでも一番襲いやすいタイミングではあるからな」

「索敵音の広域で警戒はしておきたいですね。後は馬車を何台か手配して……」

「魔力感知を妨害するような手段が欲しいですね……。アルバス様と先生の魔力量ですと、魔力感知でバレてしまいます」

警戒すべきは移動時だろう。王城や英雄祭で立ち寄る場所では警戒が強く、変に手出しはしにくい。

ただ、馬車での移動となるため、馬車を特定されたら襲撃のやりようはいくらでもある。さらに街中で人や建築物が多い。それらに紛れるようにして、襲撃することも可能だ。

「やはり私の転移を使うべきでしょうか……？」

「でもルルアリア王女様の魔法は自分に対して使えないはずじゃ……。それだと肝心な貴女《あなた》が転移できない」

「……いや、ありじゃな」

え？　ルルアリアの属性って自分に向かって使えないはずじゃ……なんでそこでありという選択肢が出てくるんですか？

僕が困惑していると、二人は互いの顔を見て少しだけ笑っていた。……何かあるんだろうか？

「実はその欠点、ほんの少しだけですが克服できましたよ。いや、本当に少しだけなのですが」

「アルバスが魔法に打ち込んでいたり、治療している間、ルルアリアも努力していたということじゃ」

エレノアはそう言いながら懐《ふところ》から何枚かの札を出す。長方形の札には魔法陣が描かれていた。

「この魔法にはルルアリアの転移の魔法が刻まれておる。この札を介して魔法を使うことで、時空属性の大きな制約である自分に対して使えないというのを無視できるのじゃ」

「それはすごい……というか、それを使ったら他の魔法も自分に対して使えるようになるのでは⁉」

この札がどんな仕掛けで時空属性の制約を無視しているのかは分からない。

ただ、それができるのなら他の魔法もこの札に刻むことができれば、自分に対して使える可能性があるということだろう。

そうなればルルアリアの魔法使いとしての能力は凄《すさ》まじいことになる。時間と空間を操るという文字通り神にも等しい力を持った属性だ。

その力は他の属性の追随を許したりはしないだろう。

「目を輝かせて期待しているところ言いにくいのですが……」

「現状はこれだけじゃ。つーかこれが限界」

「え……、どうしてですか？　一つの魔法でできたのなら理論の応用さえできれば可能な気がするのですが……」

二人の表情から察するにどうやらそうではないらしい。

正味僕の感覚になってしまうけれど、魔法は最初の挑戦が難しくて、逆にそこを乗り越えれば発展はいくらでもできてしまうと考えている。

「色々と試したんですけどね。多分、私の魔法使いとしての能力が不足しているんだと思います」

「この札には刻む魔法への理解度が試される。アルバスみたいなゴリゴリの実戦派は魔法への理解度が高いが、ルルアリアは特殊な属性と制約ゆえ、そもそも魔法を使った経験が乏しいのじゃ」

「なるほど……。確かに時空属性は特殊すぎて頻繁に使うわけじゃなさそうですもんね。さらに王女ですから、僕みたいに冒険とか戦いに行くとかはできませんし」

なんならついこの間まで声を失って魔法を使えなかった身体だ。

それだけの大きな制約がルルアリアを縛っている。ルルアリアの可能性を閉ざしてしまっているのだ。

それをどこか、僕はもったいないと思った。

「まあですが今回であればこれだけあれば十分です！　これで移動中の問題も解決して、二人がだいぶ楽になるのではないでしょうか！」

「そうだね。転移を使うのなら警戒する区域はかなり少ない。護衛中のミスとかも減るし、ルルアリア王女様を守りやすいと思う」

「する側もされる側も精神的負荷が小さいに越したことはないだろう。それに奥の手じゃが、その札を使えば転移もできることじゃしな」

でも警戒を緩めることはできない。僕らはその後数時間ほど、当日からの日程を確認しつつ護衛計画を練るのであった。

「……じゃあわしは別件で離れる。基本的に王城内はアルバスに任せるぞ。まあ、ここで襲撃などはあり得ないと思っておるが」

そう言ってエレノアは王城を出て行く。エレノアの言う通り、王城で襲撃とか考えたくもないけど……。ただいつもよりも人の出入りが多くなる以上、警戒は必要だろう。

「まああそんな肩肘張らずに。少し王城の中、散歩しましょうか」

「……そうですね。後、そんなに固くなってました？」

「ええ。表情も動きもガチガチですよ。私のためと思っての行動なら悪い気もしませんけどね」

護衛対象《ルルアリア》に気を遣われるほど、僕はガチガチになっていたのか。ふぅと一回息を吐き出して、身体の力を抜く。

英雄祭は長い。常に警戒姿勢というのは心身の疲労が大きくて、英雄祭途中でダウンしてしまうだろう。適度に緊張を解かないと……。

「しかし、こうしてアルバス様と一緒に王城を歩くのもすっかり日常になりましたね」

「ここ最近は王城暮らしですもんね。まさかこんなことになるとは思ってもいなかったけれど」

僕は今、王城の一室をもらって王城で暮らしている。ルルアリアの護衛や声の治療を担当する魔法使いとして。

王都に来てからはや一ヶ月。随分と遠いところに来てしまった気分だ。なんだか、冒険者を始めた時に泊まっていた宿が恋しくなってくる。

「覚えていますか？　ここに来たばかり、アイザック・グレイフィールドとザカリー・グレイフィールドと一悶着《もんちゃく》あったの」

「忘れていませんよ。あの戦いとグレイフィールド領での再戦は今でも手にとるように思い出せます」

「ふふっそうですよね。本当に長いようで短いようなそんな日々でした」

王城の廊下を歩きつつ、そう話す僕ら。ルルアリアの言う通り、本当に長いようで短いような……そんな日々の連続だった。

「思い出話してるところ悪ぃな。ちょっといいか？」

ふと背後から声をかけられる。いや、そもそも……この人いつの間に現れた⁉

気配がなかった。魔力すら感じることはできなかった。なのにいつの間にか背後に立たれていた！

僕は自分の肩に置かれた手を振り払いながら、距離を取りつつ振り向く。

「小兄様《しょうにい》！　お久しぶりです！」

「おう久しいな……その声を聞くのも。元気にしているようで何よりだ」

一目見た時の印象は鷹《たか》だ。

鋭い茶色の眼《まなこ》、オールバックにした金髪、引き締まった身体と胴体から伸びた長い手足……

王族ってのは高身長ばかりなのか⁉

小兄様……ということはこの人がザイールの決闘相手の……。

「ブレイデン・ゼフィランティス・フォン・アストレア。ブレイデンでいいぜ、代わりにこっちもアルバスって呼ぶからよ」

「ではブレイデンとお呼びします。……どうやって僕の索敵をすり抜けたのかお聞きしても？」

「……ッハ！　聞いていたが面白《おもしろ》い男だ。よほど自分の索敵、感知能力に自信があるらしい！」

獰猛《どうもう》な獣のような笑みを浮かべるブレイデン。

感知を専門とするような魔法使いには及ばないけど、自分の感知能力にはそれなりに自信はある。

索敵音を多用する影響もあってか、索敵音を使っていない時でも気配や魔力には敏感になりつつあるのだ。

「足音は訓練次第で消せる。気配も同様にな。なら残るは魔力だ」

「こうして対面している今でも魔力を感じない……いや」

「感じにくいですね。気を張り巡らせればかろうじて感じられるくらい微小です」

ルルアリアが横から僕の感じていたことを口にする。

そう、感じにくいのだ。ルルアリアの言う通り、気を張り巡らせていないと感じることさえできない。おそらくこれがブレイデンを探知できなかった理由。

「……っと、足音や気配についてはノータッチなんだな。普通はそこで驚くと思うが」

「………いや、それはルルアリアが」

僕がそう口にするとルルアリアはポッと頬《ほお》を赤く染める。多分、僕の言わんとしていることを察知したのだろう。けど、頬を染めるところなのか？　そこ。

「ルルアリア王女様は踵《かかと》の高い靴で足音を消しますからね。それが作法かと思っていたのですが……まさか訓練だったとは」

「……おい待て、いつの間にそんな歩法をマスターしたんだ？」

「へ？　ああいや、声が出なかった時暇でしたので、本で読み漁《あさ》ったことを片っ端から訓練していたのですよ。魔法は使えなくとも魔力操作は多少なりともできましたし、身体も問題なく動かせましたしね」

僕はふと出会いの日を思い出す。あの時、ルルアリアって声が出ることに驚きはしていたけど、あんまり憔悴《しょうすい》してたり、精神的に摩耗している様子はなかったよな……。

あの時は王族だから平然と振る舞っていると思っていたけど……もしかして、ルルアリアって。

「もしかしてあんまり呪《のろ》いのこと気に病んでいなかったのですか……？」

「ええ……まあ、はい。最初は驚きましたし、不便でしたがまあ慣れてしまえばありかなと。力を込めたり、気合いを入れる時の声が出ないのは少々不便ではありましたけど」

僕とブレイデンはほぼ同時に引き攣《つ》ったような笑みを浮かべる。なんでそこで照れくさそう

にしているの⁉

「我が妹ながら……よく分からんなこいつぁ」

「……僕はまだルルアリア王女様について理解が足りていないですね」

「……ん？　どうしたのですか？　二人とも」

首を傾げながらそう言うルルアリア。うん、君のせいなんだけどね。こういう反応しているの。

「こんなところにいましたかブレイデン王子。……と、そこにおられるのは」

話し込んでいるとだ。廊下の曲がり角から一人の少女が現れる。

年齢は僕と同じくらいだろうか？　紫の髪を左右対称に二本で纏《まと》めている。

腰に下げた剣や騎士とはまた違う何かの制服、気難しく真面目《まじめ》そうな雰囲気を醸《かも》し出している表情。

気難しく真面目な女騎士。彼女を見た時の印象はこれだ。

「初めましてルルアリア王女様。私の名前はガラテア・ナイトレイ。ブレイデン王子の護衛をしています」

穏やかな自己紹介を聞いたのにも関わらず、ルルアリアは笑うこともせず、なんならちょっとむっとした表情をしていた。

「ルルアリア。こいつは事情を知っている人間だ。話しても構わない」

「そうでしたか。では初めましてガラテア様」

にこやかに微笑《ほほえ》みながらそう言うルルアリア。ちょっとむっとした表情を浮かべていたのは、話していいのか悪いのか判断がつきにくかったからだろう。きっとそうに違いない。うん！

「……ですが、事情を知っているのでしたらなおさら先程の行動は少々無礼が過ぎると思いますが、そこら辺はどうですか？　ガラテア様」

あ、やべ、普通にキレてるルルアリア。

ガラテアと名乗った少女は、僕に一瞥《いちべつ》もくれることなくガン無視して、ルルアリアの前に立って自己紹介をした。

僕としては思うところはないが、それがルルアリアにとっては逆鱗《げきりん》一歩手前くらいの行動だったらしい。多分、事情を知っての行動だからほとんど逆鱗っぽいけど。

「先程の行動？　失礼を承知で申し上げます。私に何か無礼はありましたか？」

本心か、それとも意図を理解した上での発言か。

いや多分両方。彼女はルルアリアの言葉の意味を理解した上でこう聞き返したのだ。つまりそれは貴族として当たり前な……。

「ハズレ属性の詐欺師まがいの男に挨拶《あいさつ》する必要はありません。私は正式なブレイデン王子の護衛騎士なのですから」

これは中々ど真ん中をぶち抜くような発言だ。ルルアリアの爆発《ばくはつ》を直前にして、ブレイデンが耳打ちでこう聞いてくる。

（アルバス、不快だと思うなら改めさせるが大丈夫か？）

（こう言われるのは慣れっこですよ。まあただ、ルルアリア王女様が心配ですが）

（まあ、そう言うのなら俺《おれ》は口出ししないが……アルバスも不干渉を貫くのか？）

言われっぱなしでいいのか？　とブレイデンは遠回しに聞いているのだろう。

ここで僕が口を出しても彼女は聞く耳持たないはずだ。ならば、ここは口出しせず、ルルアリアの出方を待つのみ。ここで僕が何かを言うと状況が混乱しかねない。

「……あ？　貴女今、本気で口にしましたか？　私の、アルバス様に対して」

……と思ってたけど、やっぱりどこかで出る必要はあるかも。

ルルアリアが想像の五百倍はキレてる。けどまだ口は出さない。とりあえずまだ……！

「私は正直疑っています。というか、信じておりません。四大属性……もしくは光属性ができなかったことが、音属性などという聞いたこともないようなハズレ属性に、王女様を助けるという偉業ができたなどと」

「今こうして、私が声を出しているでしょう？　それじゃ、証拠として不満ですか？」

「ええ。音属性がそれを成しているという証拠はどこにもありませんでしょう？　魔道具や他人の魔法……それをあたかも自分の手柄のように言っているという可能性だってあります」

彼女は僕のことを信じる気など一切《いっさい》ない。僕が卑怯《ひきょう》な手か、騙《だま》しているとかでこの地位を得ていると、本気で信じているのだ。

普通なら子供ですらしないような無茶な理論展開。しかし、この国ではそれがまかり通る。

そう、この国は四大属性を至上とするあまり、四大属性を持つ者の発言はある程度の矛盾や理論崩壊があっても許されてしまう。それだけ四大属性を持つ者は偉いのだ。

「やめろガラテア。流石にそれは言い過ぎだ。憶測で話すのは褒められた行為ではないな」

「ブレイデン王子……。ですが、私は間違ったことを言っているつもりはありません。きっと彼は卑怯な手を使っているはずです。でなければ、四大属性にできなかったことを、ハズレ属性ができたことの説明がつきません」

ガラテアを責めても意味はない。ナイトレイ家がどんな貴族の家系かは知らない。けれど、王族の護衛に選ばれるくらいだ。由緒正しい貴族なのだろう。

ならば、その考えを持つ彼女が悪いとは言いにくい。この国では貴族であるほど、四大属性至上主義が強くなっていく。

幼少期からそれが当たり前のように教育されて、四大属性を発現させ、周囲からそれが正しいと言われ続ければこう考えてしまうのも無理はない。

「分かりました。貴女の考えはよーく。貴女が私を思っての発言であることも」

「ルルアリア王女様……理解してくださったようで」

「はっきり言います。私のアルバス様は、そんな狭い了見の人には分からないほどの実力者であると、アルバス様はとても優れた方だとよーーーーーーく分かりました。行きましょ、アルバス様。こんな方と話しても時間の無駄です」

冷めた声と目線。まるで何もかもを諦《あきら》めたかのようなそんな冷たい視線。

ルルアリアの怒りが限界を超えたのだろう。その上でルルアリアはこいつと分かりあうのは無理だと判断した。

故にこの発言。ルルアリアは本気で心の奥底から、ガラテアと話す価値はないと断じたのだ。

ルルアリアが僕の手を引っ張って廊下をずかずかと歩く。その背に向かって、ガラテアは叫ぶ。

「待て!!　お前……っ!!　何の真似《まね》だ！　そこまでして王女に気に入られたいか！⁉」

……え？　もしかして彼女の怒りの矛先って今僕に向いている？

おいおい、少し待て。今にも剣を抜きそうな勢いで僕を睨《にら》みつけているじゃん!!

「お前みたいな悪烈な男は見過ごせん!!　ここでその首刎《は》ねてやる!!」

「ああもう!!　邪魔しないでくださいよ！　私たちは誰にも迷惑をかけていないというのに貴方《あなた》たちは……!!」

「はいはいそこまでだ二人とも。二人の意見はよーく分かった」

一触即発となりそうな場面をブレイデンが二人の間に入ることで止める。ルルアリアとガラテア、二人はギリギリと強い目つきで睨み合《あ》っていた。

「アルバス。すまないが付き合ってくれるか？　俺の無茶に」

「……まあいいですよ。何となく考えていることは理解できていますので」

「すまん。貸しにしといてくれ」

ブレイデンの視線と、僕への言葉。なんとなく、ブレイデンが何を言い出すか察しがついた。

実力を示せという意味ではこの方法が一番手っ取り早い。

変にここで口論しても一生、ガラテアは退かないだろうし、考えを改めるつもりはないだろう。正直、彼女からどう思われているかなんて、僕にとってはどうでもいいのだが……そうも言ってられない。

それに人の心と向き合う。アイザックとの過《あやま》ちを繰り返してはいけない。ここでこれ以上拗《こじ》れるなら、ここで綺麗《きれい》さっぱり決着をつけるべきだろう。

その思考が僕とブレイデンの間で一致した。だからこそのあの頼みだ。

「よし、ガラテア。模擬戦だ。……自分の意見を貫きたいなら、自分の力を示せ。俺はお前にそう言ったよな」

「……いいでしょう。万が一にも負けるはずがない戦いです。私が正しいと証明してみせる……！　そこにいる男を叩《たた》き潰《つぶ》して！」

「……ごめんなさいルルアリア王女様。こんなことになってしまって」

僕は背後にいるルルアリアに対してそう言う。ルルアリアは感情の整理のために一度息を吐き出すと、僕の背中を叩きながらこう口にする。

「アルバス様が負けるとは思っていません。早く終わらせて散歩の続きいきますよ！」

「……はいっ！」

元から負けるつもりはさらさらない。けどルルアリアにこう言われた以上、余計に負けられなくなった。

この戦い、何が何でも勝利する……！


場所を変えて、僕らは大きな訓練室にやってきた。部屋の材質が対魔法素材で作られた強固な訓練室。

ここなら魔法を使っても壊れることはないだろう。

「ルールは……考えるのめんどくせ。なんでもありでいいか？」

「私は構わない……っ！　四大属性のうち、二つも持っている私がハズレ属性に遅れをとるわけないからな」

「じゃあ僕もそれで」

ギリッと僕を強く睨むガラテア。

怒りと憎悪《ぞうお》を含んだ瞳《ひとみ》。ハズレ属性の僕がここにいること、それが許せないのだろう。

魔物の本能的な敵意ではなく、アイザックの歪《ゆが》みと狂気に塗られた敵意でもない。もっと黒く、殺意すら入り混じっている。

それゆえに純粋。ああ、こんなことちょっと前までは考えたことなかった。これはルルアリアとアイザックのせいなんだろうか？

自分の変化に驚きながらも……少し楽しんでる自分がいる。余計な考えは捨てないとって思うけど、でも僕の目と脳が相手を観察し、思考することをやめてくれないんだ！

「始めましょう」

「ふん、すぐにその本性を曝《あば》いてやるっ！」

「双方やる気ということで、んじゃまはじめ！」

ブレイデンの掛け声と共に戦いの火蓋は切られた。

ガラテアは姿勢を低くしながらジグザグに地を蹴《け》って走る。いきなり魔法戦を仕掛けるのではない。魔力操作で身体を強化しつつの白兵戦。

ただこの加速力！　まばたきする間に距離が縮まっていく超スピード！　普通の魔力操作じゃこんな出力は出せない！

「っふ！」

短い呼吸と共に右腰からロングソードを抜刀！　鋭く僕の胴体を薙《な》ぎ払う一撃！　僕はそれを……。

「……ッ⁉　何をしたんだ⁉」

ガラテアの剣の軌道が大きくズレる。ガラテアも予期していなかった自分の身体の動きに動揺を隠しきれていない。

「手のうちは明かさないよ」

「卑怯な真似を……抜かせ‼」

二撃、三撃と連続して攻撃を繰り出すガラテア。その全《すべ》てを完全無詠唱の衝撃音で軌道を逸《そ》らす。

これが音属性の強み。アイザックと戦った時は出力差と環境で遅れを取ったけれど、対魔法使いにおいて、音属性は圧倒的な初速を誇る！

「これは魔法⁉　事前に仕掛けていた……？　それとも魔道具か⁉」

「ごめんね。そういうのじゃないんだ」

「……ッ！　この私が！　ナイトレイ家を継ぐ私が！　ハズレ属性に負けてはならんのだ‼」

ガラテアは一歩飛び退《の》く。魔力の流れが変わる。

今まで肉体の一部に、それもごく短い間だけ纏わせていた魔力。それが今では栓を開けたかのように全身からたぎっている。

多分、彼女は魔力操作に時間制限と部位の制限を設けることで出力を上げていた。普段なら全身に纏わせる魔力を足や腕、行動の瞬間瞬間に必要な箇所、必要な時間だけ魔力を纏わせることで爆発的な出力を得ていたんだ。

うまい方法だ。僕の付与魔法も同じ理論で出力を強化してるけど、魔力操作でもできるのか。真似……できそう！

「【水よ……】」

「こんな感じかな……？」

「……っ⁉⁉」

詠唱しようとしていたガラテアに対して、足に魔力を集中させて地を蹴る。

うわっ、これすごいタイミングむずい‼　よくこんな緻密な操作ができるな……魔力操作という観点においてはガラテアの方が上かも。

「自分から間合いに入るとは愚かなやつめ‼　これで……！」

「……せーのっ！」

地面を勢いよく蹴ると同時、足に魔力を集中。僕はガラテアの頭上を飛び越す。おお！　慣れたらこれ便利かも！　意外に身体が動く動く‼

ガラテアは何が起きたのか分からないと言った様子で、目を見開き、僕の姿を手を止めて視線で追っていた。驚きのあまり無防備にいった身体。僕は反射的にその首筋にチョップを軽く入れていた。

「あ、つい無防備だったからしちゃったけど……どうする？　続けますか？」

「づ……⁉⁉　ば、バカにするな‼　偶然の産物でイキがるなよ‼」

ガラテアは飛び退きながら、剣を構え直す。どうやら負けを認めるつもりはないらしい。でもそれならそれで好都合だ。この新しい魔力操作を僕の衝撃音を付与魔法で使いたいと思ってたところだ！

「じゃあ、続きやりましょうか」

「その余裕な顔……！　今に地を這《は》いずらせてやる!!」

ギリッと歯を食いしばりながら僕を見つめるガラテア。感情が先行しすぎているのか、ガラテアの魔力が荒々しく、そして操作が雑になりつつある。

先程のような精密な魔力操作はないと言ってもいい。今のガラテアの精神状況では無理だろう。なら、彼女は魔法でゴリ押ししてくるはず。

詠唱破壊《スペルブレイク》でまずは相手のテンポを崩す！

「水よ……ッ⁉⁉」

「【詠唱破壊《スペルブレイク》】」

声を出しているはずなのにかき消された。そのことにガラテアはまたも信じられないような驚愕《きょうがく》の表情を浮かべる。

「あれが噂《うわさ》に聞く詠唱破壊。使われたら厄介だなあれは」

「ふふん！　すごいでしょうアルバス様は!!　でも、アルバス様がすごいのはここからですよ！」

ルルアリアの自慢げな言葉を背に受けつつ、僕は呼吸を整える。アイザックとの戦いで身に付けた新しい魔法。それを使うために。

「【付与衝撃音《エンチャントショックサウンド》】」

四肢に衝撃音を付与する。ルルアリアに使った声帯付与《エンチャント・ボイス》の応用で編み出した攻撃魔法の肉体付与。

付与という一手間を加えることで威力は上がり、付与している間はより精密かつ複雑に、衝撃音の発動や性能を調整できる。

『【水よ、集いて敵を撃て！　水流弾《ウォーターボール》!!】』

ただ付与魔法の欠点としては、精密な魔力操作を求められるから、発動までのわずかな間は若干無防備になるということ。詠唱破壊などが使えないのだ。

ガラテアはそのわずかな隙を察知して、魔法を放つ。水属性の下位魔法水流弾。僕はそれを前にゆっくりと歩きながら、手で払いのける。

「……なっ⁉　ば、バカな⁉　魔法をそんなに簡単に……⁉」

「隙だらけだけど……大丈夫？　まだ続けますか？」

ガラテアが驚いている間に足の衝撃音を起動。一気に間合いを詰めて、拳《こぶし》で二撃、三撃と攻撃を与える。

ガラテアとて王族の護衛騎士。流石に正面からの攻撃は剣で防いでくる。しかし動揺してて衝撃を完全に殺しきれていないし、魔力操作も雑。僕の攻撃を完全に受けきれていない。

「凪よ……」

「二手、遅いよ」

「は……っ⁉⁉」

ガラテアが詠唱した時だ。僕の拳を剣で受け止めたところから襲ってきた衝撃に、体勢を崩す。うん、付与の状態なら発動タイミングも調整できるみたいだね。

「攻撃魔法を肉体に付与するとかどんなインチキだ……って思ってたが、想像以上だな。攻撃のインパクトからズレて発生する衝撃音。威力は弱まるが、意表を突くにはこれ以上ないくらい嫌な技だ」

「アルバス様の前だととことん詠唱させてくれませんよね。アルバス様とはいろんな意味で戦いたくないですねほんと……」

まあ……うん。ルルアリアがそういうのも無理はない。僕だってあまり自分とは戦いたくないと思っている。

しかし、ブレイデンはわずか数発で気がつくのか。客観的に見ているからかな？　発動タイミングをずらすと衝撃音の威力が減衰していくことに。

タイミングをずらすのは意表を突いたりする時には便利だけど、威力的にあまり使えないな。初見殺し的な使い方しかできないだろう。

ならば逆のドンピシャ。拳のインパクトに合わせて衝撃音を起動させる。その威力を確かめたい……！

「よそ見とは随分と余裕だな！」

「ああ、ごめん。そんなつもりはなかったんだけど……ねっ‼」

試しに二撃、三撃と攻撃を浴びせる。けど、ドンピシャは難しいな……全然タイミングが合わない。

ただ、衝撃音自体は攻撃に合わせて起動しているためか、ガラテアは受けづらそうな表情を浮かべている。でも、その目から闘志や敵意は消えていない。

「うん、もう少し上げるよ」

「……は？　もしかしてまだ……‼」

そこからのガラテアは防戦一方。連続で叩《たた》き込《こ》まれる僕の攻撃を受けるのがやっといった表情だ。

一撃、一撃に衝撃音の細かな調整を入れながら緩急をつけた攻撃。受けているガラテアは相当嫌だろう。

おそらく、ガラテアは負けを認めない。ということは戦闘不能……意識を飛ばすことに集中する。

「な、め、る、なあああああ‼」

僕がさらなる攻撃をたたみかけようとした時だ。僕の目の前からガラテアの姿が消える。

何が起きたのか一瞬理解が追いつかなかったけど、僕から距離を取ったガラテアの姿を見て納得する。そうか彼女は……。

「君もハズレ属性……いいや、四大属性とハズレ属性のハイブリッド。それも、君の場合はそっちの方が得意なのか」

今、ガラテアが全身に纏っているのは紫色の雷。

雷属性——それが彼女がもっとも得意とする属性だ。

「もっとも得意な属性は魔法を使わずとも、ある程度なら放出したり操作することができる」

アイザックがグレイフィールド領で、炎を操作して僕を妨害したみたいに。

ガラテアにとってそれは雷だったのだ。あの視界から一瞬で消えた超高速移動は、ガラテアの雷属性の魔力による超加速だったのだろう。

「君は四大属性至上主義。使おうとした魔法からして持っているのは水と風……そして雷。その中でも君は雷属性が最も得意な属性ということだ」

「……黙れっ！　私にこの属性を使わせたな……っ!!」

苦虫を噛《か》み潰したような表情だった。雷属性もまたハズレ属性の一つ。その隠していたハズレ属性を使ってしまった。そのことに耐え難《がた》い屈辱を抱いているのだろう。

ハズレ属性を嫌悪《けんお》する性格。彼女がハズレ属性を嫌悪する理由が分かったかもしれない。

「いいものを持っているのにもったいない。水と風。雷と相性がいい属性じゃないか」

「黙れっ！　だとしてもだ……私はそのどちらかに優れているべきだった！　ナイトレイ家の跡継ぎとして……！」

四大属性至上主義の中には、自分がもっとも得意とする属性も四大属性でないといけないみたいな強い思想を抱いている人もいる。

それは上級貴族になるほど顕著だ。おそらく、彼女もその……。

「ハズレ属性がもっとも得意とする属性？　私はナイトレイ家の恥さらしだ!!　四大属性に優れていなければ、騎士の家系として……我が家の誇りは護られない!!　今の今まで封印してきたというのに……お前が……！」

それは強い、強い自分への恥と強迫観念に似た義務感だ。

きっと彼女は自分でも口にした通り、雷属性を封印してきたのだろう。家の誇りと、次期当主としての義務感ゆえに。

正直、貴族のすべきこと、貴族が何に囚《とら》われているのか、僕には分からない。僕もアイザックもうそこには立てないから。

彼女みたいに家のためとか、貴族の誇りとか、もうそういうこと言えないから……だから彼女の言うことは分からない。

でもただ一つ僕が言えるとしたら。

「隠すなんてもったいない。そんな素晴らしい力は使うべきだ。もっと磨くべきだ」

「……お前に、お前に何が分かる⁉　ハズレ属性を磨け？　四大属性を切り捨ててか⁉」

「いや……違う。君はそれと向き合うべきなんだ。属性は他の属性と掛け合わせることで無限の可能性を生み出す。誇りとか主義とか……その前に貴族の成すべきことから逃げないでほしい」

僕がこんなこと言える立場ではないのは分かっている！

僕はかつて自分の過ちゆえにグレイフィールド領を大きな戦いに巻き込んでしまった。

本来、平民や領民を守るはずの僕が……！　僕の歪みがあの戦いを引き起こしてしまった！

ガラテアにこんなことを言える立場ではない。もうグレイフィールドという家は王国に存在しないのだから。

だとしても、間違った道を行こうとするのを見過ごすことはできない……！

「君は貴族だ。おそらく騎士の家系だろう……。

なら、君は誰かを守る義務がある。君は誰かを守るために、自分が持つ全ての武器を磨かないといけない。それがいつか誰かを守る力となるのなら……‼」

「黙れぇ‼　そんなことはお前に言われずとも知っている！　分かっている！　それでも私はこんな自分が……ッ⁉」

「【詠唱破壊《スペルブレイク》】君はそれ以上口にしてはいけない」

ガラテアが何を言おうとしたのか分かった気がしたから、僕はその言葉を詠唱破壊で止めた。

自分の得意とする属性はハズレ属性の雷。水と風は発現こそしているが、雷に比べると劣っている。

その事実がガラテアを苦しめているのだ。幼少期から叩き込まれた主義や常識、貴族の本来の誇りを忘れて、四大属性に傾倒し、立場と周囲からの評価を気にするような歪んだ誇り。

多分、彼女が雷属性だけを発現させて、追放された方が楽だったかもしれない。何もかもを諦めて、何もかもに絶望できたから。

でも、水と風という四大属性のうち、雷と相性がいい二つの属性を発現させてしまったのが彼女を逃げられなくした。

ハズレ属性に才能が偏り、鍛錬しても鍛錬しても伸び悩む水と風属性、周囲の環境、それが彼女がハズレ属性を嫌悪する理由だ。

……もったいない。たったそれだけのことでその魔法の才能を無駄にしてしまうのはもったいなさすぎる。

「……どういうつもりだ。アルバス」

「付与《エンチャント》を解いた……？」

「どういう……つもりだ！　私にそれは必要ないとでも⁉」

付与は必要ない。付与でやりたいことは大体やった。それよりも今は普通の魔法を使うことに意味がある。

「魔法戦といこうじゃないか。詠唱破壊も使わない。君の魔法を見せてよ」

「魔法戦……だと⁉　さっきの話を聞いて勘違いでもしたか……？　ハズレ属性のお前が私に敵《かな》うはずないだろう‼」

「さあ？　やってみないと分からないいんじゃないかな」

ガラテアはまたも歯を食いしばりながら、剣を持ちつつ、手を前に突き出す。魔力を手の前に集めていく。

『【水よ、集いて敵を撃て！　水流弾《ウォーターボール》‼】』

「【衝撃音《ショックサウンド》】」

ガラテアが発生させた水の球体を発射されると同時に迎撃する。すぐに撃ち落とされても、彼女が怯《ひる》むことはない。すぐに別の詠唱を始める。

『【風よ、吹き荒《すさ》び敵を穿《うが》て！　風魔弾《ウィンドボール》‼】』

風属性の攻撃魔法も、僕の前に届くことはない。発射されたと同時、完全無詠唱の衝撃音で霧散していく。

「もっと強い魔法を使えるでしょ？」

「だ……まれ！　今に見せてやる‼」

やはり感情が前に出過ぎて、ガラテアの魔力操作はかなり雑になってきている。戦いの最初、キレのある魔力操作ならば、魔法連発したとてここまでの疲労はなかったはずだ。

しかし、今のガラテアは全身から汗を吹き出し、呼吸も乱れている。魔力操作が雑になったことで、魔法を使う際の魔力効率がガタ落ちしているんだ。

けど、それで止まるような彼女ではない。呼吸を整えつつ、彼女は次の魔法を使う。

『【水よ、渦巻き螺旋《らせん》を描き、敵を押し潰す激流と化せ！　激流槍《スプラッシュスピア》‼】』

ガラテアの背後にできた長さ一メートルはある二本の水の槍《やり》。それは高速で渦巻きながら、僕に向かって飛んでくる。

激流槍……ガラテアが先程まで使ってた下位魔法ではなく、中位に値する魔法。万全の状態であればそれは強力な魔法だっただろう。

しかし、今のガラテアは万全から程遠い。飛んでくる二つの槍は威力も精度もかなり下がっていた。

「【衝撃音《ショックサウンド》二連】」

「な……あ……」

それは容易に衝撃音で迎撃できてしまう。衝撃音で跡形もなく消えてしまった激流槍を目にして、ガラテアの膝《ひざ》が崩れはじめる。

膝から力が抜けて膝をつきそうになるところをかろうじて、あと一歩のところで踏みとどまった。

「……ま、だ。私はまだ……！」

「だと思うのなら、君の魔法で来なよ。分かっているんだろう？　得意じゃない魔法で戦っても勝ち目はないって。さっきのそれがいい証拠だ」

ガラテアは地面を見ながら静止する。激流槍はおそらく、彼女が使える一番の魔法だったかもしれない。それを打ち破られた時の表情と反応、そして膝から崩れ落ちそうになった身体。彼女はあの魔法を打ち破られた時点でもう対抗策はないと踏んだのだ。勝負を投げ出そうとした。

それでも踏み止まったのは……。

『【雷鳴よ】』

空気が一変する。ガラテアの周りから発せられる魔力、それが桁違《けたちが》いに凄まじくなっていく！

全身から発せられる紫の雷。限界だというのに上がり続ける魔力出力!!

ここまで変わるのか……！　さっきまでの雑な魔力操作は見る影もない。凄まじいキレで、研ぎ澄まされた魔力操作を見せている！

『【戦神の弓となり、黒雲を貫く矢となり、我が手に集え。我が敵に雷鳴の裁きを！】』

ガラテアの右手に集まっていく紫の雷。それは詠唱通り、巨大な弓の形に変貌する。俯《うつむ》いていたガラテアは真っ直《ます》ぐな瞳で僕を見つめる。透き通ったような真っ直ぐな瞳で……。

「あの瞳……多分、アルバス様すごい苦手で……、すごく好きなんでしょうね」

ルルアリアが口にした通りだ。僕はあの手の瞳に弱い。あの真っ直ぐな目。あの時と同じ……アイザックと同じような目だ。

胸に溜《た》まった息を吐き出して、僕も真っ直ぐにガラテアを見つめる。ああいいだろう。僕のすべきことは変わらない。

彼女をただ真正面から穿つ。ただそれだけだ。

『【開門――雷弓】』

「【爆音波《バーストサウンド》】」

打ち出されたのは巨大な雷の弓矢。それを爆音波にて迎撃する。

爆音波と雷弓が僕とガラテアの中間地点でぶつかりせめぎ合う。

「互角か!!」

「いえ、わずかにアルバス様が押しています！」

正直、ここまでとは思っていなかった。魔力操作と得意属性っていうだけでこんなにも威力が跳ね上がるのか！

……でも、あの時のアイザックに比べたらまだまだ。正面から押し勝つ！

「ウオオオオオアアアアアッッ!!」

出力をもう一段階引き上げる！

ただ、ただそれだけのこと。しかしそれだけの差で僕の爆音波は雷弓を貫く。

「そうか……私は……」

ガラテアの言葉は最後まで紡《つむ》がれることはなく、ガラテアの身体は吹き飛び壁に激突する。

やべ……やりすぎたかも。なんて思いながら、僕は彼女へと駆け寄る。

「大丈夫ですか⁉」

「あ……ああ。随分と余裕そうなんだな」

ガラテアは僕の顔を見上げつつ、そんなことを言う。

確かに僕にはまだ余力はある。魔力量も全体に比べたらそこまで消費していない。

対するガラテアにはほとんど魔力は残っていない様子だった。体力もほぼ底をついているだろう。

「立てますか？」

僕はただ一言、手を差し伸べながらそう言う。ガラテアはどこか気まずそうに顔をゆっくりと背《そむ》けて、蚊が鳴くような小さな声で……。

「私は……君に無礼なことを口にした。卑怯者だの……酷《ひど》い言葉を浴びせた。けど、どうして君はそうやって手を差し伸べてくれるんだ？」

疲労と敗北のせいか。ガラテアは随分と弱々しそうだった。

差し伸べられた手を摑《つか》もうにも摑めない。自分がどうすべきなのか判断できていないっていう顔だ。

「あれだけの罵声を浴びせたというのに、君は真正面から相対して……私は君に完膚なきまでに負けた。見下していた相手にこれ以上なく……惨《みじ》めだな。消えてしまいたいよ」

……こんなにも脆いのか人の心とは。

一度砕けてしまえば立ち上がることさえままならなくなる。事実、ガラテアに数分前の面影はもうない。

誇りとか主義、自分の考え、それら全てを砕かれた先に残ったのは弱々しい少女だった。今にも泣きそうな顔で消えたいと口にする、年相応の少女だったのだ。

「私は弱い。心も身体も……！　人を見下して、人に罵声を浴びせて！　それが正しいことのように振る舞う自分が憎い……！　周囲に置いてけぼりにされる、否定される、一緒じゃない、そんな恐怖に怯えている私が許せない……!!」

絞り出すような声だった。

多分、僕やルルアリアのように振る舞えるのはごく一部なのだろう。人の目を気にせず自分を軸に、自分の道を行く。

そういう風に生きていける人は多分、そう多くない。目の前の少女がそう物語っている。

他人と違うことに恐れ、他人から否定されることを拒絶し、ゆえに弱者を作って罵声を浴びせる。それが普通の人間なんだ。それが……。

「甘えないでください‼」

ルルアリアの叫びが響く。ルルアリアはガラテアの両肩を掴み、無理矢理顔を上げさせた。

「弱くても、惨めでも、醜くても、消えてしまいたいなんて口にしないでください！　貴女は小兄様の護衛騎士！　小兄様に選ばれた人です！　なら、その責務をまっとうする義務があります！」

「……ルルアリア王女様」

「いいですか！　それに貴女はアルバス様に謝罪の一つないじゃないですか‼　それに勝ち負けすらハッキリさせていない！　弱音を口にする前にやることがあるでしょう⁉」

珍しくルルアリアが声を荒げていた。少し離れたところで見ているブレイデンはやれやれといった表情だ。

「ルルアリアはああ見えて、弱さに厳しいんだよ。あいつはあいつで自分が綺麗だと思うものを追っているからな」

「ええ……よく分かります」

――アルバス様……あれは違います！

あの時、ああ言ってくれなかったら、僕は過ちを犯したままだった。

ルルアリアが道を示してくれなかったら、きっと今の僕はいないだろう。彼女は強く高潔であろうとする。

故に弱さや歪みというのを許せない。自分が綺麗だと思う物があるから、自分の近くにいる人が間違っていることを許容できないのだろう。

そんなルルアリアだからこそ、僕がついていこうと思ってるところあるけど、まあ口にしない。なんとなく口にしたら、ルルアリアが変な喜び方しそうだから。

「アルバス様が言った通り、貴女には貴女の責務がある！　貴女はたとえ、弱音を押し殺してでも護るべきものがあります！　恐怖や不安、重圧、それらを引きずってでも成すべきことが！　ですから立ちなさい！　アルバス様にあれだけのことを言って、そこでへこたれるような真似は私が許しません‼」

ルルアリアは王族ゆえに背負うものが沢山ある。たとえ声を失おうとも、弱さを見せてはいけない理由が。

今の王国の貴族たちは四大属性や地位、周囲からの評価に固執しすぎて、本来やるべきことを見失っているかもしれない。貴族には民を守る責務がある。

そしてガラテアにはブレイデンの盾となり、剣でなくてはならない。それが護衛騎士、それが貴族。

だから弱音を口にしてはいけない。弱さを見せたら、多くの人々に伝播《でんぱ》してしまうから。人の上に立つ人間は、それだけ気高くなくてはならないのだ。

ルルアリアはガラテアの腕を鷲《わし》掴みにすると、無理矢理力ずくでガラテアを立ち上がらせる。

「……る、ルルアリア王女様。その……申し訳ございません。本来であれば私は……」

「その処遇を決めるのは私ではありません。小兄様です。なので、ここからは小兄様に任せます」

「……はあ、しゃーねえな。俺はこういうの苦手だっていうのによっ！」

ブレイデンは頭をかきながらガラテアの前に立つ。ガラテアは雨に濡《ぬ》れた子犬のような表情でブレイデンを見上げた。

「いいか一度しか言わねえから、その耳かっぽじってよーく聞け。これは俺の命令だ」

「……はい」

「アルバス・グレイフィールドの背中を追い続けろ。奴は、この国を変える可能性を持った魔法使いだ。お前は俺の騎士であり続ける限り、ハズレ属性から目を背けるな」

僕の背中を追え……とんでもないことを口にする人がいたもんだ。

これは多分、僕への言葉でもある。ブレイデンはあの短い戦いの中で何かを確信した。僕に何かを見た。だから、ガラテアに僕の背中を追えと命令したんだ。

「……分かりました。その命、受け賜ります。

後、遅れました。先程の無礼な発言の数々撤回します。本当に……」

「いいよそれ以上は。君のことも知れたし、それに魔力操作のコツも君を見て学ぶことができた。それで手打ちにしてあげる」

　ガラテアに言われたことは気にしてもいないし、さらにいうとガラテアと戦うことで、魔力操作に関する新しい使い方が見えた。これを磨けばより、魔法を使いこなすことができるだろう。

「はっはっはっ！　安い男だなアルバス、そいつぁよくねぇ！　よくねぇよアルバス！　男なら価値は多く見とかなきゃな！」

「小兄様……？」

　ブレイデンが笑い声を上げる。次の瞬間、まるで獲物を見つけた獣のような鋭い瞳で僕を見た。

「だとしたら、さっきの戦いは払い過ぎだ。お釣りが出ちまってる。もし、余力があるなら一発限りでいい。俺の本気を見せてやる」

　空気が違う。肌がピリピリと焼き付くような痛みを訴えかけてきそうだ。

　ブレイデンの魔力が放出されている。全身から放出されている魔力は鋭い。

　手加減……とかそういうのを考える余裕はなさそうだ。だからこそちょうどいい。新しい魔法を試すには。

「なあ感じてるか？　俺もお前も同類だ。兄者の前に俺の実力を試したい。お前も同じだろう？」

「ええ。アイザックの後に試したいことが沢山増えました。いいですよ一発だけ受けてあげます」

こうしてガラテアに続いてブレイデン。ただし、今回のは一発限りの戦いだ。僕らは訓練場の端と端に立って、戦いの準備をする。

「なんで……こう……アルバス様ってすぐにホイホイと勝負とか受けちゃうんですかね⁉」

「そ、それは王女様が……いえ、なんでもありません」

まあガラテアの言おうとしたことは分かるよ。

ルルアリアも内心楽しみにしているっていう雰囲気だ。ルルアリアにとっては身近な二人。滅多に見られないような対戦に心を躍らせているのだろう。

しかし、一発限りの勝負。何がくる……？　ブレイデンは見たところ、ガラテアと同じ白兵と魔法を組み合わせた戦い方だろう。手に持った二本の木剣がそれを物語っている。

「では始めますよ二人とも。勝負は一発限り。それでははじめ‼」

ルルアリアの掛け声と共に勝負は切って落とされる。

さあ、何を使う？　攻め、守りに入ってからのカウンター、それとも僕の行動待ち……意表を突くような何か？　僕の手は……。

「……遅えぜアルバス・グレイフィールド」

空気が変わる。鋭い……いや鋭すぎる！　なんだこの魔力は‼　全身で感じているブレイデンの魔力、それを受けて全身が警鐘を鳴らしている。本能が……僕に対して逃げろと告げている！

「魔力解放」

そう……来るか!!

魔力解放！　魔法すら超えた神秘の中の神秘！　僕でも見るのは初めてだ！

ヤッッッッばい！　こんな状況だっていうのに、一瞬後には勝負がつくかもしれない状況なのに、心臓は今にも叫び出しそうなくらいに騒いでいる。眼球、鼓膜、舌、肌、鼻、ありとあらゆる感覚器官がそれを感じていたいって言ってるんだ！

正直、魔法なんて使う集中力全部捨てて、それを観察していたい。けれど、それはブレイデンに失礼だ。やるなら全力。

こっちも誰にも見せていない新魔法で相対する。

『【同調《シンクロ》】』

呼吸を整えてから一言。魔法を発動し、ブレイデンの一撃に備える。ブレイデンの身体がわずかに動き出したその瞬間を狙《ねら》って、僕はさらなる魔法を使う。これはアイザックとの戦いを乗り越えた先で生み出した僕の新しい武器！　その名を！

『【過剰衝撃音《オーバーショックサウンド》：二重奏《デュオ》!!!!】』

本当に勝負は一瞬後に決着する。僕の魔法とブレイデンの魔力解放。それらが高速すら超えた音速の域でぶつかり……そして。

「ブレイデン王子の剣がアルバスの首を捉《とら》えている⁉」

「いえ！　ですが……！」

ガラテアが口にした通り、ブレイデンが構えた二本の木剣。そのうちの左手の木剣が僕の首元の直前で止まっていた。

そして同時に僕らはこの勝負に勝者はいないと直感する。

「……チッ。ひきわけだなこりゃあ」

「ですね」

ブレイデンは左手の木剣を捨てる。捨てられた木剣は床を何回か跳ねた後、空中で破裂した。

その光景にルルアリアとガラテアの二人が驚愕したような表情を浮かべる。

「魔力解放の魔力を纏った木剣を……魔法で砕いたのか？」

「そんなことが可能なのですか⁉　だって……魔力解放は……」

魔法では魔力解放に勝てない。

というか性能が違いすぎて勝つ可能性がほぼゼロなんだ。魔力解放は一部の人にしか使えない、連発できない代わりに絶対的な性能を誇る。

僕がブレイデンの魔力解放に対して魔法で抗《あらが》えたのは……それは彼の魔力解放が。

「未完成なんですよね？　その魔力解放」

「気がつくか。ああそうだよ。未完成だ。まだこれは四割もできていねえ」

四割の完成度ならギリ抗える。ギリ拮抗《きっこう》できるだろう。

というか、それよりもこの人の魔力解放がなんなのか見抜くことができなかった。あの魔法はほぼ反射で撃った……そうしなければ多分、先に攻撃が届いていたのはブレイデンの方だ。

「ま、これは兄者との決闘まで見せるつもりはなかったんだがな。ルルアリアの件と、ガラテアの件。その二つの礼だ。足りたか？」

「ええ……十分すぎるくらいです。ただ……ルルアリア王女様の件？」

「何かしましたっけ？」

僕とルルアリアは同時に首を傾げる。その様子にブレイデンはぷっと吹き出すように笑い出す。

「アハハハ!! 声のことだよ声！ 俺も兄者もマジで感謝してるんだぜ。あれは俺たちではできなかったからな！」

ああ、そのことだったのか……。僕は僕のやれることをやっただけ……と言うのは無粋だろう。

ブレイデンはガラテアに目配せした後、二人で訓練室を出て行こうとする。

「じゃあなアルバス。今回の決闘、いいもん見せてやるから期待しておけよ」

「今日は色々とご迷惑おかけしました。それではまた」

二人はそう言って訓練室を出ていく。足音が遠ざかっていくのを聞きつつ、僕は胸に溜めていた息を吐き出しながらその場に転がる。

「あ～～～～しんどい‼　あれが王子の実力か‼」

「アルバス様がそんな風に言うなんて珍しいですね。後、ヨイショっと」

ルルアリアが僕の近くに座ると、僕の頭を膝に乗せる。俗に言う膝枕《ひざまくら》の体勢になったのだ。

後頭部に感じる柔らかな触感や鼻腔《びくう》をくすぐる甘い匂《にお》い、そして間近に感じるルルアリアという存在。少しだけ心臓の音がうるさく聞こえた。

「まあ、邪魔されたと思いましたが、たまにはこういうのも悪くないですね。役得です」

「こんなところ他人に見られでもしたらどうするんですか？　すごい勘違いを生みますよ」

「その時は私が責任を持って、アルバス様を王族に迎え入れるだけですが？」

圧が強い。当たり前のようにそんなこと言わないでください。これで本当に誰か来たら、本気でやりますよね貴女。

「ふふっ、冗談です。やるなら既成事実とかなしで、正面からアルバス様を奪いますよ」

グイっと顔を近づけて、ルルアリアは微笑みながらそう言う。僕はそんなルルアリアに対して小さく笑みを浮かべて。

「奪うって誰から……ですか？」

「それは秘密ですっ！　というか……分かっているくせに」

そう微笑むルルアリアは天使のようにも悪魔のようにも見えた。ルルアリアが僕を奪いたい相手……分かってはいるけど口にしないでおこう。

口にしたらルルアリアは手加減してくれないと思うから。

「じゃあ待ってます。ルルアリア王女様」

「ええ、必ず貴方を迎えに行きますよ」

僕らは互いに笑い合う。少し顔を近づければぶつかりそうな距離。ルルアリアはすぅと顔を離す。

「そういえば大兄様《おおにい》はどこにいるんでしょうかね？　もう帰ってきてると思いますが……」

「英雄祭前日ですしね。前半から決闘までの主役はザイール王子様なんでしょう？　どこかで集中とかしているのでは？」

「うーん、そんなことするような人ではありませんけどねぇ。もしかして、去年の決闘のことを密《ひそ》かに引きずってたり？」

去年の決闘……？

去年の今頃《いまごろ》は多分いつも通り、部屋にこもって魔法の勉強してたから、全く知らない。でもそうか。ザイールは二年前には属性を発現させているから、去年の英雄祭で決闘していてもおかしくないのか。

「去年の決闘って誰とやったんですか？」

「アルバス様もよく知る方ですよ。竜騎士エレイン。属性を発現させてからわずか一ヶ月足らずでブラックダイヤモンドまで辿《たど》り着いた現代の異能」

「エレインさんとザイール王子様が⁉」

エレインの凄まじさはよく知っている。広範囲に及ぶ破壊魔法、付与を駆使した超高速飛行、まだまだ底が見えない、いや本気すら感じさせない圧倒的な実力。

そして属性を発現させてから一ヶ月足らずで冒険者の最上位に行った……。信じ難いことだけど、あの人ならあり得る。それくらいの規格外な人だ。

「ちなみに結果は……？」

「大兄様の大敗です。おそらく、竜騎士は本気の二割も出していなかったでしょう。大兄様はそれ以来、一度も負けないことを心に誓ったそうですよ」

正直、ザイールを見たときに勝てるビジョンが見えなかった。一年間の経験の差があるとはいえ、そのザイールが大敗……？

あの人はどんだけ強いんだ！　今回の決闘、確かいろ色んな意味で目が離せない！

「楽しみですね決闘。呪いとか不穏な動きとかそういうのがなければ、英雄祭もっと楽しめたと思うのですが……」

「それでも楽しみましょうよ。僕らは僕らの楽しめる範囲で。それが祭の作法というものです」

「ええ。そうですね。しかし……ふふっ、アルバス様がそんなこと言うなんて思いもしませんでした」

顔を見合わせて、僕らは二人で笑い合う。

そんな風に変われたのは貴女のおかげですよルルアリア王女様。

＊＊＊

一夜が明けて、英雄祭当日。僕らは英雄祭の開会式が行われる大闘技場に来ていた。

「す……ごい人！」

「毎年こんなにも集まるのですよ。すごいですよね」

ルルアリアは口元を扇で隠しながらそう言う。

ここは王族とその関係者しか入ることができない専用スペース。一般人が入れる観客席からより高いところに位置している。

僕らは今、そんなところから大闘技場を見下ろしていた。

「今日は特に多くの人が集まるんです。みんな決闘相手が気になるんでしょうね」

「そっか。僕らは知っているけど、ほとんどの人は今日ここで決闘相手を知るんだよね」

ザイールがブレイデンと決闘することは僕らしか知らない。一般人は今日の発表を今か、今かと待っている。

「こんな盛り上がり具合で発表される俺の胃が痛いぜ全く」

「ブレイデン、やはり緊張するのですか？」

「いえ、アルバス・グレイフィールド。ブレイデン王子は先程……」

「あーあー！　言うな言うなバカ！」

そんなやり取りをしつつ、ブレイデンとガラテアがやってくる。昨日の戦いの後だというのに二人とも万全の状態。ブレイデンも口ではそう言っているが全身の魔力はやる気に満ちている。

「ところで……僕のことはアルバスでいいよ。後、そんな固い口調じゃなくても……」

「いいえ。これは私なりのケジメです。ですがそうですね。貴方が許してくれるならアルバスと呼びましょう」

なんか背中がむず痒《がゆ》くなるような話し方だ。真面目でお堅い話し方をされるとどうも調子が狂う。

あと、僕は気にしていないけど、ガラテアの言葉を聞く限り、彼女は昨日のこと、相当気にしている様子だった。気にしなくてもいいって伝えても、真面目だから多分気にしてしまうのだろう。

「フォフォフォ！　おやおや王族のお二方がお揃《そろ》いで。随分と仲良さそうですねえ」

「ファッティ大臣……お久しぶりです」

ルルアリアはそう言いながらペコリと一礼をする。

ファッティ大臣……確か王国の政治を担当している人だったような気がする。

いろんな意味で大きな身体、愉快そうな笑い声。幼少期に何度か会ったことがあるけど、この人も……。

「臭いますねえ～～。とても臭う！　臭う！　臭うッッ!!　そう、これは国を腐らせる臭い！ハズレ属性の臭いだあ～～～～!!」

ギョロリと蛇の目みたいに、ファッティ大臣の視線が僕に向く。

ああもう、昨日に引き続き、こんなことになるのか!!　連日は想像していないぞ！

「おや、おやおやおやおやおやっ！　この場に場違いな方が二……いや一名おりますねえ!!　臭う！　臭うぞッッ!!　ハズレ属性アルバス・グレイフィールドォォォォ!!」

いちいち癪《しゃく》に障る話し方だ。でもここは怒ってはいけない。反応してもいけない。ただスルーに徹するんだ僕。

ちなみにファッティ大臣の言葉にルルアリアとブレイデンはもうキレている。手か口が出るのは時間の問題だ。

「正直ですねえ……君の存在はよく思っていないんですよ我々。君みたいなハズレ属性が王族のそばにいるだけで国が腐っていくのですよぉ……」

「いきなり出てきて何を言ってやがるファッティ大臣。アルバスがルルアリアの……いや、王族の恩人っていうこと忘れたわけじゃねえだろ？」

「おやあ？？　これはこれはブレイデン王子ぃ……。そんなにすごまないでください。ですが、その話とこの話はあいにくと別問題でしてねえ」

人を煽《あお》るような話し方。ファッティ大臣は何かを狙っている……のか？　僕やルルアリア、ブレイデンの怒りとかか？　頭に血を上らせてはいけない。感情に任せて何かを言うのは彼の前では悪手だ。

「いいですか！　この国は四大属性至上主義を掲げてから強くなった!!　新世界教が掲げる主義思想！　あなた方の父上、国王がそれを取り入れて、王国は今！　かの帝国に劣らない最強の国家へと仕上がりつつある!!」

新世界教……確か王国を中心に流行《はや》っているという宗教……だった気がする。この辺はあまり詳しくは知らない。

ファッティ大臣の言うことは一理ある。四大属性至上主義を掲げてからの王国は急成長を見せた。特に軍事。四大属性を基盤にする騎士団は戦術の要であり、各地で活躍を見せている。

正直、この人の言っていることは正しい。けれど。

「だからといってハズレ属性と見下す必要はないと思います。アルバス様に言ったことと……」

「おおっと⁉　これはこれはこれは！　王族の中で唯一ハズレ属性しか持っていないルルアリア王女様でございませんか‼　やはりシンパシーを覚えてしまったんですかねえ？　それとも傷の舐《な》め合い？　べっっっっとりと濃厚に舐め合ったんでしょうねえええええ‼」

「な……何を言っているのですか……貴方は」

流石にこの返しは予想もしていなかったのか、怒り出すと決して引かないルルアリアが珍しく一歩引いた。

そんなルルアリアの表情にニヤリとファッティ大臣が笑みを浮かべる。

「貴女の属性は利用価値はあれど、この男の属性はカス！　ゴミ！　クズ‼　いいですかあ？　ハズレ属性は王国という船の船底を腐らせていく害虫！　ネズミなんですよ‼」

「な……！　アルバス様は誰にもできなかった私の声の治療をしてくれた人ですよ⁉　そんなアルバス様を害虫だなんて！　取り消しなさい‼」

「目が曇っている！　曇ってますねエエエエ‼　真実が見えていない！　彼は声の治療なんかしていない！　貴女に声を与えただけだ‼　彼の魔法が解除されたら貴女はたちまち声を失う‼　振り出しに戻る！」

ファッティ大臣の言う通り、僕はルルアリアの呪いを完全に治したわけではない。

僕はルルアリアに声を与えているだけ。その付与を解除すればルルアリアは再び声を失う。

ファッティ大臣の言うことは間違いではない。

「さらに貴女自身気がついているんでしょう？　借り物の声では属性の真の力は出せないということに！」

……どういうことだ？　いやあり得るのか？

ルルアリアは少ないとはいえ魔法を使っている。普段の様子からして魔力操作も問題ない。ただ、もし……ファッティ大臣の言うことが正しければ……あり得る。僕の付与による魔力が、ルルアリアの魔力を阻害しているとしたら、彼の言葉は正しいと言えてしまう。

純粋に百パーセントの力を出しきれていないから、ルルアリアが属性の本領を引き出せていない可能性は考えられるのだ。

そこまで気がついていなかった。思考が回っていなかった！　この人、粗探しのためかもしれないけど……でも、バカじゃない!!

「だとしても……私は……」

ルルアリアの声が弱々しくなっていく。自分が不利だと悟ったのか、ファッティ大臣の言うことが心に刺さったのかは分からない。でもこれはよくない状況だ。

「だとしても満足⁉　属性の真の力を得られなくてもいい⁉　困りますねえ……とっっっっっても困る!!　その力は真価を発揮してこそ意味が！　価値があるもの!!　今は応急措置ということで許されているだけ!!　貴女の声が戻ったら、アルバス・グレイフィールドは用済みなんですよぉ!!」

いずれ、ルルアリアの声を本当の意味で取り戻さないといけない日が来る。けどその時、僕の役目は終わるかもしれない。

ルルアリアが僕をそばに置く理由がなくなるかもしれないし、そもそも僕はハズレ属性としてまた追放される未来があるかもしれない。

けど、それは同時に……。

「だとしてもそれは今ではありません。必要とするなら理由は作ります。価値は示します。意味を見出します。……そのために周りを変えたっていい。

ルルアリア・フォン・アストレアが僕を必要とするならば、理由とか意味とか価値とか役割とか、そういうのを抜きにして、ただそばにいて欲しいというのなら……！

僕はそのために最善を尽くすだけです」

「アルバス……様」

ルルアリアの肩を掴みながら僕はファッティ大臣に向けて、そう口にする。

ルルアリアが俯いていたのはきっと、そんな未来が訪れることを直感したからだ。いつの日か僕と自分が決別する日が来るかもしれない。そう思ったからだ。

もしルルアリアが周囲に負けず、僕を必要とするなら、僕にそばにいて欲しいと願うのならそれを叶《かな》える。意味とか理由とかが必要なら作る。

それが今、僕に言えることだ。

「気持ち悪いですねぇえ！　その目、その顔！　君みたいな人間がこの国を腐敗させていく！　……沈没！　沈没沈没沈没ぅ!!　王国……沈……没ッッッッ!!」

僕の顔を見つめ返して負けじと反撃するファッティ大臣。凄まじい覇気だ。正直、魔力とかを見ても魔法使いとしては並か……ちょっと上がいいところだろう。

でも実力に見合わないほどの覇気、威圧感。これが立場を持っている人間、自分が優等種であると信じて疑わない人間なのか！

「汚物は消毒してあげないとですねぇ。ほら、ちょうどいい舞台が近々あるそうですしぃ？　そこで消毒してもらいましょうか！　彼に!!」

「それはどういう……？」

「おいまさかお前……！」

僕が困惑し、ブレイデンが何かを察してファッティ大臣に駆け寄ろうとしたときだ。

大闘技場の空を貫くように巨大な竜巻が吹き荒れた。空から降りてきたのは黒衣の男――ザイール。

『さあ！　皆様お待ちかね!!　ザイール・ネフレミア・フォン・アストレア王子が一段とド派手な演出で登場です!!』

開会式の司会進行を務める人の声が響く。もう開会式は始まっていた。ここにいる誰もがそれに気がつかなかった……！

おそらく、ファッティ大臣の仕業。この場で一人だけ余裕の笑みを浮かべているこの人の仕業だ！

「アルバス・グレイフィールドォォォ！　そこまでいうなら仕方ありませんねえ。貴方から理由とか役割とか意味とか価値とかそういうの、全部奪ってあげましょう……！　我々の英雄王子が‼」

ごくりと喉《のど》を震わせる。

最初会った時、あの人からそんな気配は感じなかった。あの人はブレイデンを決闘相手に指名すると言っていた。

けど違う！　あの人は……僕らの……。

「早速だが決闘相手を指名しようと思う。君たちもそれを待っていることだろう」

観客が大きな歓声を上げる。そんな中、僕らは張り詰めた空気でそれを見ていた。

「兄者……守れよ約束！　あんたは王子だろうが‼　俺たちの兄だろうが‼　俺との約束を守りやがれ‼」

ブレイデンが前に駆け出しながら、大闘技場にいるザイールへ向かってそう叫ぶ。

けれど声は遠く、想いは届かない。ザイールの視線はブレイデンではなく、僕へ。罪悪感に満ちたような瞳で僕を見ていた。

「今回の決闘相手……それは！」

ザイールが白い手袋を投げる。手袋は突風に誘われて空高く。そして真っ直ぐに、指名者のもとへと飛んでいく。

ブレイデンの横を通り過ぎて僕の身体へ。吸い込まれていくように僕の身体に当たった後、ひらひらと手袋は地面に落ちた。

「兄者……お前!!」

「まさか貴方がこれを⁉」

「ファファファファファッッ！　さあ、それはどうでしょうかねえ？　さあさあどうしますか？アルバス・グレイフィールドォ！　それを拾えば決闘成立。拾わなければ」

ファッティ大臣は親指ですぅーと首を横になぞっていく。

「終わりです！　貴方は決闘から逃げたハズレ属性の臆病者として何もかもお、わ、り、ですっ!!」

決闘は当てられた手袋を拾うことで成立する。この時点だとザイールはまだ決闘相手に僕を指名しただけだ。

これを拾えば決闘成立。僕はザイールと戦うことになる。

おそらく、ファッティ大臣はこの決闘、僕が受けても受けなくても僕を追放できるという算段だ。

僕が決闘を受けたら、何がなんでもザイールを勝たせて、敗者は云々《うんぬん》と難癖《なんくせ》をつけて追放するだろう。

逆に決闘を受けなければ逃げた臆病者とか云々と言い、僕を追放するはずだ。

……第三の結果。決闘に勝利した場合は、どう転ぶか分からない。ただ、唯一光明が見えるとしたらそこ。決闘を受けて勝利する。この可能性にかけるしかない。

「アルバス受けるな‼ あいつは俺がぶん殴る‼」

「アルバス様拾わないでください！ 拾う必要はありません‼」

ルルアリアとブレイデンは声を荒げながらそう口にする。

僕は目を閉じてそっと思い返す。

ねえ……アイザック。あの時、僕は君に勝てなかった。君との勝負から逃げたんだよ。

アイザックは強くなった。そして今も強くなっている。確信があるんだ。君につけられた胸と右腕の傷。日に日に疼《うず》きが強くなっている。きっと君の魔力が強くなっていくからだろう。

僕はアイザックに置いていかれるわけにはいかない。アイザック……いずれ僕らは再会する。

数多《あまた》の戦い、数多の出会いを経たその果てで。

その時、次は僕が挑むよ。アイザックとの戦いを、僕という物語の終わりにするよ。

だから……もう負けない。もう逃げたりはしない。君のために、僕のために。僕は僕の意志で全ての戦いに勝利し続ける！

もう二度と、君にも負けないアイザック！

「……ありがとうアルバス・グレイフィールド」

「アルバス……お前……」

「これが私の追いかけようとしている君なのか……」

「それがアルバス様の意志なんですね」

「ファファファファ!!　面白いことになりそうですねぇ!!　アルバス・グレイフィールドォォォ!!!!」

僕は足元に落ちていた手袋を衝撃波で浮かび上がらせて、それを手に取る。これが僕の意志だザイール。

僕は負けるわけにはいかない。貴方に勝利する！

「受けるよザイール・ネフレミア・フォン・アストレア!!　そして、この決闘、何がなんでも僕が勝つ!!」

観客が沸き上がる。そんな声が気にならないほど、僕は大闘技場にいるザイールと見つめ合っていた。

この決闘が仕組まれたものというのは知っている。

ザイールに何かあるのは知っている。

けれどそれら全てを僕は踏破する……してみせる！

僕は何もかもに勝つ！　さあ勝負だザイール。もう勝ち目がないって言わない。使える全ての力を使って、僕は君に勝ってみせる!!

「決闘の場で貴方を待っています」

断章一『黒幕は語る』

「……彼には期待していなかったんだ」

英雄祭開会式の熱狂と歓声。それらから遠い廃教会の中に彼らはいた。

白と金の法衣を身に纏《まと》った中世的な顔立ちの男――三重に偉大なる者《トリスメギストス》ともう一人。

トリスメギストスはティーポットの紅茶をカップに注《そそ》ぎながら、もう一人の男へ話し始める。

「アイザック・グレイフィールドはアルバス・グレイフィールドほど魅力に感じなかったんだ。高い魔力出力を持つが、魔力総量が並のせいでその才能を生かせず、呪《のろ》いで強化すれば理性を奪われる程度の耐性。

正味、彼はアルバス・グレイフィールドの劣化に過ぎないと思っていたんだけどね」

トリスメギストスは紅茶を啜《すす》り話を続ける。その時、トリスメギストスは視線を上げて彼を見た。

「結論として、私はアルバス・グレイフィールドをも凌《しの》ぐ天才を生み出すきっかけを与えてしまった。彼の才能は適応力なんだ。私も君もその才能をうっかり見落としていたということさ。なあ、ザカリー」

視線の先、廃教会の巨大十字架。そこにムカデ型の魔物で拘束されたザカリー・グレイフィールドがいた。

　全身に無数の傷を負った彼は息も絶え絶えにトリスメギストスへ声をかける。

「その顔……で、私に話しかけるな……ッッ‼　貴様、何者だ⁉」

「ああ、そうか。この顔は君の親友のものだったね。かつて君が処刑した親友の」

「なんの魔法だ⁉　変幻か、それとも幻覚か⁉　私にその顔を見せて何をさせたい⁉」

　必死なザカリーに対して、トリスメギストスは苦笑しながら首元をかく。

「今さら君に私の手札を教えるかよ。

　話を戻そう。アイザック・グレイフィールドを利用したのは、屋敷の地下に行きたかったからだ。でも結果としては私はあの部屋を見つけることができなかった。だから君に直接聞こうと思ってね」

　トリスメギストスが立ち上がる。磔《はりつけ》のように拘束されたザカリーへ一歩二歩と近寄り、右手をザカリーの顔へと伸ばす。

　法衣の袖口《そでぐち》。その中から赤目のムカデが現れ、ザカリーの顔の前で暴《あば》れる。

「アイザック・グレイフィールドに植え付けた物を改良したものだ。より複雑に、より強く、私の意のままに動いてくれる人形になる」

「やめろ……‼　それで私に何をするつもりだ⁉」

　ムカデがザカリーの口へと近づいて来る。トリスメギストスは焦《あせ》るザカリーを目にして笑う。

「英雄祭、今頃《いまごろ》第一王子のザイール・ネフレミア・フォン・アストレアが決闘相手を指名しただろう。君の息子アルバス・グレイフィールドをだ」

「アルバスが……王子と決闘だと……⁉」

「ああそうさ。二十年前、君とソフィアが決闘したあの大闘技場でだ」

ザカリーはギリッと奥歯が砕ける勢いで食いしばる。

それは遠い過去の記憶。二十年前の英雄祭。当時の英雄祭は王国騎士団筆頭騎士が決闘するルールだった。

当時最強と呼ばれていた女騎士、その対戦相手を負けさせて、乱入した狂狼《きょうろう》のような放浪騎士。二人の決闘を語り継ぐ者はもういないが、ザカリーの記憶には忘れ得ぬ不変のものとしてわずかに脳裏に焼き付いていた。

「私の計画を阻害していたのは彼だった。彼がいなければ今頃、私は時空属性を手に入れている算段だったがね……アテが外れたよ。だから、手駒を使って決闘させることにしたんだ」

その時、トリスメギストスが見せた表情は余裕ではなく、怒りを滲《にじ》ませていた。しかしそんな表情を見せたのも一瞬。トリスメギストスはすぐに笑みを取り戻す。

「アルバス・グレイフィールドをもう一度追放させる。なに、この時点で八割方私の勝ちだ。……と話しすぎたね。そろそろ君には私の手駒になってもらうよ」

トリスメギストスはザカリーの口を無理矢理開けさせ、ムカデを口の中に入れる。ムカデはザカリーの体内深くまで入り込んでいく。

「あがっ……⁉　ぐ、オオオオ、ぎぃ……ぎぎっ‼」

ザカリーは苦しそうにもがき、目を充血させて声にならない悲鳴をあげる。

「君の働きに期待するよザカリー・グレイフィールド。君を見ていると思うよ。肉体的にも精神的にも衰えたくないね。かつて王国歴代最強の女騎士すら倒した君がまさかこんな風になるなんてね」

ここにも一つ英雄祭への思惑。それもドス黒い思惑が一つ。

歓声の裏側で人知れず大きな陰謀が動き出そうとしていた。

第三章『決闘開始』

「さて……どう勝とうかな」

開会式終了後、王城の訓練室に戻ってきた僕はそう呟《つぶや》く。

決闘は今から六日後。英雄祭の七日目に行われる。それまでに勝つ方法を見出したいけど……。

「アルバス様なら勝てますよ！　なんて楽観的なことは言えませんね。大兄様《おおにいさま》は本気で超強いです。アルバス様でも勝てる見込みはかなり薄いかと」

「まさかワシがいない間にこんな大事になってるとはのぅ。じゃがまあ、事が進んだ後じゃ。ワシも同意見。奴《やつ》の冒険者ランクはダイヤモンド。アルバスとは強さの格が違う」

ルルアリアもエレノアもどうやら僕が勝つ見込みが薄いと思っているようだ。

なにせ相手はダイヤモンドの冒険者。

それは最上級の一個下。事実上、冒険者が辿《たど》り着くことができる最高位のランクだ。

「存在そのものが特殊な竜騎士とは違い、奴も奴で天才じゃ。なにせ四属性を瞬《また》く間に使いこなし、それらを複合させて新魔法まで使いこなすような奴じゃからのぅ」

「実績面でも隙はありません。飛竜《ドラゴン》の単独撃破から始まり、今まで残してきた多くの実績。

自慢の兄ですが、敵となるとこれほどまでに脅威と思えるのですね」

「ちなみに、エレノアさんから見て僕に勝ち目はありますか？」

使える属性が多いということはその分、使える手札が多いということ。決闘では僕と比べものにならないくらい多くの魔法を使ってくることだろう。

「……正味百回戦って、一回勝てれば良いかのぅ。魔力量はアルバスに、出力はアイザック・グレイフィールドにそれぞれ一歩ずつ劣るが、それらの総合値でいえばお主《ぬし》ら二人を抜くじゃろう」

……なるほど。エレノアの言ったことを言い換えるとこうだ。

アイザックに魔力量で勝り、僕に出力で勝る。

それだけならまだ勝ち目はあったかもしれない。しかし差はそれだけじゃないのだ。

戦闘経験や魔力操作技術、状況判断力などなど。属性に目覚めてから二年という年月の差はかなり大きい。特に基礎性能が近しいならなおさら。

考えれば考えるほど決闘の勝利が遠くなって、表情が固くなっていくのが自分でも分かる。

多分、今難しい顔を浮かべているだろう。

「まあじゃが、唯一光明があるとするならアルバスには無詠唱と希少属性という知られていない属性ゆえのアドバンテージがあることじゃな」

「あ……アルバス様の音属性って知らない人の方が大多数だから、アルバス様がどんな魔法を使うのか目にするまで分からないんですよね……」

「そうじゃ。希少属性の強みは知られていないこと。これは対人戦では大きな差じゃ。そしてここにもう一つ、奴になくてアルバスにはできる手札を付け加える」

エレノアは自慢げに自分の影の中から二冊の魔法書を取り出す。あれって……もしかして！

「トレインの時の礼じゃ。待たせたのぅ。一冊は音属性の、もう一冊は結界魔法の魔法書じゃ」

「ありがとうございます！　これ……見つかったんですね！　すごい装飾だ……なんだか感動してきた！」

渡された魔法書。音属性の魔法書は表紙の材質が魔物とかの素材を使っているのか、禍々《まがまが》しくゴツゴツとしている。

対する結界魔法の魔法書は無駄な装飾が一切《いっさい》ないシンプルな作りだ。

本当に音属性の魔法書がまだあるなんて思いもしなかった！　書かれていることも僕の持っているものと違う……。詠唱、言霊《ことだま》、魔言……なんだろう、なんだかちらっと見た感じ特殊な魔法ばかり書いてある気が。

「こう……あれですね。魔法書見てる時のアルバス様って目をキラキラさせてて複雑な気持ちになりますね」

「魔法書に妬《や》くとかお主もお主で変わってるのぅ……成長を見ていると思えば悪い気もせんがの」

「妬いてなんかいませんよ……本当ですからねっ！」

顔を赤くしながらルルアリアはいつもより大きな声でそう口にした。

多少悪いとは思ってますよ……本当ですからね！

「ちなみに探したが音属性の魔法書で見つかったのはそれだけじゃ。そっちの結界魔法については今、アルバスが必要とする魔法だと思ったから渡した」

「……結界魔法ですか。これまた変わったものを……」

結界魔法は少し特殊な魔法だ。

本来なら複数人による複雑な儀式をはさんで発動するのが常。グレイフィールド領を囲っていた結界がまさしくその類いだ。

けど一定条件を満たすことで結界魔法は個人でも使える。もっともこれに関しては魔法使いとしての技量や経験の前に、才能の有無が重要となるのだが……。

「お主なら使えると判断して渡しておる。ザイールに勝つ手段を作るとしたら二冊の魔法書から新たな武器を生み出すことくらいじゃ」

「ありがとうございます。結界魔法と……新しい音属性！　これをどう使いこなすか……！」

今までの手札だと不足かなと思ってたけれど、これならあるかもしれない。勝てる可能性……！

「お、いいタイミングで来たみたいだな。よっ、アルバス。その顔なら勝てる可能性見つけたみたいだな」

「いいのですかブレイデン王子？　色々と予定すっぽかして……！」

「いいと思ってるから強く止めてねえんだろ？　あんなんクソ兄者に任しときゃいいんだよ」

　雑な対応であしらうブレイデンと、ため息をつきながら頭を抱えるガラテアが訓練室に入ってきた。

「ブレイデンに……ガラテア。どうしてここに？」

「アルバスに協力すると言って聞かなくて……」

「当然だろ？　アルバスには俺《おれ》の代わりにクソ兄者をぶん殴ってもらう必要があるからな。できることはなんでもするさ」

　僕はそれを聞いて乾いた笑みをこぼす。

　ブレイデンの怒りはもっともだ。去年からの約束を急になくされた上、それがおそらく自分の意思ではないということ。

「奇遇ですね小兄様。私も頭にきています。ぜひともアルバス様には大兄様を倒してもらわないと困るんですよね」

「ああ。あいつは一発痛い目を見るべきだ。おそらく、変な責任感みたいなのを一人で背負ってるんだろうさ。馬鹿《ばか》が。俺たちが弱いとでも思ってんのか？」

　あの時のザイールの表情を思い出す。重く険しい表情。僕が受けるといった時の安堵《あんど》した表情。その瞳《ひとみ》は常に大きな責任を抱えているように見えた。

あれが責任感という重圧をはらんだ目だとしたら……何に対する責任感なのだろうか？

いや、今は考えるべきではない。今考えるべきはザイールに勝つこと。倒さなければファッティ大臣にいいようにされてしまう。

だからこの中で僕が協力を頼むとするなら……。

「試したいことが幾つかあります」

魔法書をチラ見してなんとなくだけどやりたいことが見つかった。

あとはこれを形にできるかどうか。もし形にできれば、ザイールに負けている出力の問題や手札を解決できるかもしれない。

「よしっ、協力するぜアルバス。ガラテアも当然やるよな？」

「ええ。先日の発言の謝罪、そして私の弱さを克服するためにも協力します」

ブレイデンとガラテアが協力してくれるなら心強い。

……けどあとは時間だ。決闘まで後六日足らず。魔力の回復まで含めたら使える時間はそう多くない。

限られた時間の中で今考えていることをどう形にしていくか。それが最大の問題点になるだろう。

「時間の問題についてはお任せを。こういう時こそ、私の属性の出番ですよ！」

ルルアリアがここぞとばかりに声を大きくしながらそう口にする。

　ルルアリアの時空属性……もしかして。

「何か魔法が……？」

「ええ。今からこの部屋に結界を張ります。この部屋の中と外を区切る結界を」

　結界魔法……！　ルルアリアも使えるのか！

　いや属性の特性上できてもおかしくはない。結界魔法には多くの才能を必要とするが、時間と空間を操《あやつ》る時空属性ならば、結界の構築も才能が多少足りなくてもできるだろう。

「私は中にいられませんので、先生に護衛についてもらいます。結界の発動時間は部屋の外の時間で一時間」

「部屋の外……。中と外で時間の流れを変化させるつもりか？」

「そんなことが……いや、それが時空属性か。時間と空間を操る……まるで神の如《ごと》き超常の属性か」

「こんなところで結界魔法を見られるなんてね。ルルアリア王女様、期待していますよ」

　ルルアリアがやろうとしていることは密室空間を利用した結界だ。

　部屋の外と中で区切ることによって、ブレイデンの言う通り時間の流れを操作しようとしているのだろう。

　正直、今からルルアリアが使う魔法には今までにないくらい興奮と興味が湧《わ》いている。

「そんなに期待しても大した魔法じゃありませんからね……？　多分今の私なら三倍くらいでしょうか。外の時間で一時間、この中なら三時間くらいにはできるでしょう」

それだけ時間の流れが変化するなら心強い。ルルアリアの魔力量的にそこまで長く結界は維持できないだろうけど、それでもあればすごく助かる。

ルルアリアは扉の前に立ち、早速魔法発動の準備をする。深呼吸を一回……二回。集中力を高めてから、詠唱を開始する。

『時の長老へ告げる。黄金の栄光、四方を囲う聖なる獣、我が魂に刻まれし黄金の落日』

この詠唱……上位者に対する詠唱！

つまり高度な上級魔法！　見るからにルルアリアの魔力出力がいつもに比べて段違いに高くなっている。

前にこの手の詠唱を見た時は詠唱破壊《スペルブレイク》で妨害したけれど、この手の詠唱は魔法使いの基礎性能を引き上げてくれるらしい。

今のルルアリアは普段では考えられないほどの魔力を出力し、魔力量以上の魔力を引き出している。

詠唱によって上位者から力を得ていると考えるのが自然だろう。……ということは、これを僕の魔法に生かすことができれば。

『一時の気まぐれといえ、それは我らにはかけがえのない永劫《えいごう》の時間となるでしょう。故に長老よ、我らに力の一片を分け与えたまえ』

部屋の四方の角。そこから黄金の魔力が柱となって現れる。柱は壁や床、天井《てんじょう》となって、この部屋をルルアリアの魔力で満たしていく。

『我が祈りに加護よ在れ。【結界魔法：時の翁の大あくび《クロノス・クロックダウン》】』

結界は発動される。

この時、僕はルルアリアの結界魔法発動の手順について事細かに観察していた。そして、この一回である確信に辿り着く。

僕も結界魔法を使える。そして習得自体は決闘に間に合うということを。

「それでは私が外に出たら、魔法は発動します。では、アルバス様、小兄様、ガラテア様……頑張ってください」

「ルルアリアのことは安心せいアルバス。わしが護《まも》ってやるからのぅ。さっきので何かを摑《つか》んだんじゃろ？　精々励むことじゃな」

ルルアリアとエレノアはそれぞれ激励を口にして、部屋の外に出て行く。これでルルアリアが戻ってくるまで、魔法の効果は持続している。

「さて……何からやる？　模擬戦か？」

「私たちはなんでもやるつもりです。アルバス、貴方《あなた》は何をするつもりですか……？」

ガラテアとブレイデンの視線がこちらを向く。期待を含んだ視線だ。

僕がやろうとしていること……それを知る前に一つ聞いておかなきゃいけないことがある。

僕が今の自分に慣れて忘れてしまった感覚。それをもう一度、より深く理解するために。

「二人は……詠唱ってどんな風にやっていますか？」

ここから決闘までの数日間で僕は、より音属性というものと向き合わなくてはいけないだろう。

＊＊＊

「アルバス様、大丈夫でしょうか……？　やはり少し心配です」

「大丈夫なはずじゃ……なんて無責任なことは言えんな。相手は格上。今のアルバスには時間も経験も圧倒的に不足しておる」

部屋を出て王城の廊下を歩くルルアリアとエレノア。ルルアリアの表情はわずかに暗く、アルバスの勝利について多少なりとも心配していた。

「……アルバス様は今となっては私の護衛騎士であり、従者みたいなものです。正式ではありませんが。そのアルバス様の尊厳が危ぶまれている……それを主人として守れない自分の不甲斐《ふがい》なさに腹が立ちます」

ルルアリアは拳《こぶし》を強く握りしめて、奥歯を噛《か》み締《し》めそう口にする。

ルルアリアは自分がお飾りであることを理解している。王族とはつまるところ国の象徴であり、人々への広告塔。

自分たちがあまり大きな力を持たないというのは理解している。国王や王妃たち、次期国王であるザイールは力を持つが、ブレイデンやルルアリアはあまり大きな力を持たない。

国の政治や運営を取り仕切る各大臣たちの方がよほど力を持ち、各大臣たちの言葉を国王は無視できない。

ルルアリアは今の自分たちが窮地に立たされていることを強く実感している。

「決闘に負ければ追放、逃げれば追放、勝っても……おそらくは」

「あの大臣の様子をみると追放じゃな。この国はもう根底から腐りきっておる。全く……わしがいなくなってる間に、あの日の面影はなくなったな」

エレノアは振り向きつつ、暗く、失望した声で言った。

「あの日って……確か先生が時々口にする二十年前の」

「ああ。王国黄金期。何百年に一度の天才たちが集った時じゃな」

ルルアリアは知識としてこの国、この世界の過去は知っている。

今から二十年以上も前。世界はもっと混沌《こんとん》としていた。人間と魔族、亜人や竜人など様々な種族、国、世界が絶えず戦争を繰り返していた頃。

年々国土の縮小と衰退の一途を辿っていった王国。それをわずか数年足らずで、人間界でも有数の大国まで復興させた年。それが二十年前、王国黄金期と呼ばれた時代だ。

「ちなみに当時のグレイフィールドはすごかったんじゃぞ。お主の父や母もな」

「グレイフィールド……ってアルバス様のお父様、お母様のことですか？」

「ああ。狂狼騎士、放浪騎士と呼ばれたザカリー。王国歴代最強の女騎士ソフィ。あの二人がいなければ王国はここまで大きくなっていなかっただろうな」

「あの人が……想像もできませんね」

ルルアリアは苦笑しながらそう口にした。以前一度出会ったアルバスの父、ザカリー。あの時の彼はそれはもう酷《ひど》い有様《ありさま》だったからだ。

「前線から退きすぎて感覚を忘れているだろうけど、多分僕の何倍も強い」とアルバスが口にしていたことを思い出す。その時は半信半疑だったが、エレノアが名前を出したことで信憑性《しんぴょうせい》が増してきた。

「ああ、王国でソフィに勝てたのは二人だけ。その片割れのザカリーがまさかあんな風になるとはのぅ……。人とはこうも弱く、脆《もろ》くなってしまうのだなと、そう思わざるを得ないな」

「……え？　アルバス様のお父様はよく知りませんが、そんなに強かったのですか？　アルバス様のお母様は記録だと負けなし……だった気が」

アルバス自身、母のことをよく覚えていないため、ルルアリアも詳しい話を聞いたことがない。

さらに当時は戦争中だったこともあり、あまり記録は残っておらず、本当に噂《うわさ》みたいな曖昧な記録のみが残されていただけだ。

曰《いわ》く、無双の将軍であったということ。

曰く、一日に百の戦場を駆け巡り、その全《すべ》てに勝利したこと。

曰く、彼女が傷ついた姿は誰《だれ》も見たことがないということ。

曰く、一万の下級魔族、千の中級魔族、百の上級魔族で構成された魔族の軍隊と、魔王の一人をまとめて相手取り、これを殲滅《せんめつ》したということ。

曰く、彼女の属性は――。

「まあ、アルバスの身体能力の高さ、魔法だけではない格闘戦のずば抜けたセンスは父親譲りじゃろう。かつてのザカリーは戦うためだけに生まれた生粋《きっすい》の戦闘者だったからな」

そう語るエレノアの瞳は悲しげな、けれどどこか自慢げであった。

「時間とは恐ろしいものじゃ。我々をこうも引き裂いた……。あの日は二度と帰ってこないと分かっていても、また……あの日のようにソフィと共に駆ける日々をどこか待ち望んでおる」

エレノアの瞳に在りし日の黄金の風景が蘇《よみがえ》る。

二十年前、ソフィアルージュと共に駆け抜けた数多《あまた》の戦場。無数の日々。

それら全てが眩《まぶ》しすぎて、輝かしすぎて、誰もが焦《こ》がれていたから、だからその全てが失われた時に歯車は狂った。

英雄は一人、二人と去っていき、王国は幻想に取り憑《つ》かれ腐敗していき、現実と争うために作り上げた組織も、今窮地に立たされている。

もう力だけでは解決できる世の中ではない。腐敗は深く、そして大きくなっていた。エレノアは自分だけの力ではもうどうにもできないと密《ひそ》かに悟っていたのだ。

「この決闘に勝てば活路が開ける。ハズレ属性のアルバスが、多くの人の前でザイールに勝つことさえできれば……今の主義思想を少しは変えられるやもしれん」

「父上……国王もむげにはできないでしょう。国王の意見には大臣たちも流石《さすが》に逆らえないはずですから」

国王は国の実質的なリーダー。国王の決定には大臣たちもある程度は従わざるを得ない。

ルルアリアたちに残された希望はそこしかないだろう。敵は国を動かす上層部。アルバスを繋《つな》ぎ止めるためにできることは数少ない。

「今はアルバスに勝ってもらう必要があるな。……じゃが、このタイミングで仕掛けてきたのは大きな裏がありそうじゃがな」

エレノアはそう口にする。

アルバスを排除するタイミングならいくらでもあった。それこそグレイフィールド領の戦いなんて、アルバスに罪をなすりつけて排除することは容易だっただろう。

しかし、彼らはそうせずに決闘という場を使ってアルバスの排除に乗り出した。

（この裏には何かおる。アルバスを排除したいという流れ……アルバスに対する強い敵意……それはおそらく）

ちらりとルルアリアへと視線を向ける。アルバスが狙《ねら》われているのはハズレ属性だからという以上に、ルルアリアの声を維持しているから。

呪《のろ》いの元凶トリスメギストス。彼が介入したと考えてもなんら不自然ではないとエレノアは結論づける。

「のぅ、ルルアリア。念には念をと言うじゃろ？　ちとわしに付き合うつもりはないか？」

「先生にですか……？　私は暇ですしいいですけど……」

「決まりじゃな。じゃあ、久しぶりに行こうとするかわしの工房に」

「先生の工房ですか⁉　それはすごく楽しみですっ‼」

ルルアリアは目をキラキラと輝かせながらそう口にする。魔法使いは自己の鍛錬と研究のため、自分だけの工房を持っていることが多い。

工房はその人の魔法使い人生が詰まった場所。簡単に他人が入れるようなところではなく、心を許した一部の人しか入ることを許されない。

王国でもっとも優れた魔法使い。魔法の権威とも呼ばれるエレノアの工房には、魔法使いの誰もが目を惹《ひ》かれるであろう研究成果が眠っている。そんなところに入れることに、ルルアリアは心底興奮していた。

「なあに。時空属性を見せてもらうんじゃ。それくらい軽いものじゃ」

「そういうものでしょうか……？　ですが、アルバス様が聞いたらすごく羨《うらや》ましがりそうですね」

「ハッハッハッ！　違いないのぅ。無詠唱の研究のため招いてもいいのじゃがな。アルバスが見ると毒にもなりそうなものがあそこには大量にある。そうやすやすと入れるわけにもいかんのがなあ……」

エレノアは苦笑しながらそう答える。二人にははっきりと想像できてしまう。アルバスが興奮のあまり、寝食も忘れてエレノアの工房を漁《あさ》る姿を。

二人は呼吸を合わせたかのように苦笑をする。そして……。

「ちなみに何をするつもりなのでしょうか……？」

「ん？　当然時空属性の研究じゃが……今回はちとな。おそらく直近で使うであろうことを仕込んでおこうと思う」

ルルアリアは首を傾《かし》げながらエレノアの背中についていくのであった。

ところ変わって英雄祭における諸々《もろもろ》の業務を終えたザイールは一人、大闘技場に来ていた。

「すまないアルバス・グレイフィールド。君とはこんな風に戦いたくはなかった」

人がいなくなり、外からの喧騒《けんそう》しか聞こえない大闘技場は不思議とすごく静かだ。まるでここだけが隔絶された異世界のよう。

「もし希望があるとするならそれは君が俺を倒すこと……しかしそれだけじゃ足りない」

勝利だけでは足りない。アルバスがザイールに勝ったとしても、ファッティ大臣たちは必ずアルバスを追放しようとする。

「……俺にできることは何もない。俺は形だけだ……君を切り捨てなければ俺は家族すら守れない……」

ザイールは絞り出すような声を口にしながら崩れ落ちる。ルルアリアを救ってくれたアルバスには感謝してもしきれない。

一番大事な時にそばにいられず、離れた国で声の治療に関する調査やアテを探し続けたが、全く力になれなかった。それだけならまだしも、ルルアリアの恩人に対して恩を仇《あだ》で返そうとしている。

「俺は……俺は……！　王子失格だ！　恩を仇で返し、決闘という神聖な場を汚《けが》そうとしている!!　君の母親と父親の顔に泥を塗ろうとしているんだ……俺は……!!」

二十年前の英雄祭。その時は最強の騎士が決闘相手を指名していた。

当時の最強の騎士はソフィアルージュ。アルバスの母親。そして決闘の指名相手はザカリー・グレイフィールド。

　当時の記録は少ないとはいえ、二十年前の決闘は今も記録に残っている。

　伝説の決闘と呼ばれた戦い。無数の魔法を使うソフィアルージュに対して、三属性と卓越した剣技のみで喰《く》らいつき、勝利したザカリー。

　ザイールはいつの日かそんな決闘ができる日を夢見ていた。しかし、現実は……。

「今さら、俺の懺悔《ざんげ》が役に立たないことは知っている！　これは俺の罪だ……！　俺は……君に……君に……!!」

「辛気臭い気配がすると思ったら、君でもそんな顔をするんだなザイール」

　ザイールは顔をゆっくりと上げて、声がした方に視線を移す。そこに立っていたのは私服姿のエレインだった。彼女の表情は珍しいものを見たかのような、けど呆《あき》れたようなものにも見える。

「竜騎士……エレイン。君がなぜ……」

「私のことはいいだろう。それよりも、君がなぜそんな顔をしているか当ててやろう。去年の約束を破った上に、アルバス君を貶《おとし》めようとしている……だろ？」

　一瞬だけだがハッとした表情を浮かべるザイール。エレインは少しだけ口元を上げると、肩をすくめてこう口にする。

「そして君のことだ。わざと負けようと思っている。器用に立ち回れる君ならうまく負けるこ

ともできるんじゃないのか？」

エレインはザイールに近づくと、片手でその胸ぐらを掴み上げた。ザイールは気がつかずにいた。

エレインの全身から立ちのぼる魔力が凄《すさ》まじい覇気を纏《まと》っていることに。普段は表情の変化に乏しい彼女が怒りを滲《にじ》ませていた。

「君の自己満足か⁉　私との約束まで破るつもりか⁉　君は言ったはずだ！　次の決闘で力を示し、再び私に挑むと！　そう口にしたはずだろう⁉」

去年の英雄祭。エレインに敗北したザイールは彼女と約束した。力を示し、再び竜騎士エレインに挑むことを。

「そんなことをしてみろ……私は君を一生軽蔑《けいべつ》する！」

「……そう思っている自分がいるのは否定しない。負けるのが正しい選択じゃないかと思っている。俺がうまく負ければ、丸く収まる話じゃないかと……」

「アルバス君が勝てば活路が見えるかもしれない。しかし、それは君が負ければいいという話ではないぞ。この状況をひっくり返すには、アルバス君がハズレ属性の有用性を示すしか他ない」

エレインはそう口にすると同時に、それだけじゃ足りないと思っていた。

「全ての運命は決闘で決まる。君もアルバス君ももう止まることはできない。君たちが死力を尽くさなければ、私やギルドマスターが動いても大した力にならない。君たちが決めるんだ。この先の運命を」

冒険者ギルドのブラックダイヤモンド。その地位につくギルドマスターエレノアと、竜騎士エレイン。その二人がいくら強大な力を持っていても、アルバスたちの運命を決めるのはアルバスたちだ。

アルバスたちが戦う意志、状況を打破しようとする意志がなければ何も変えることはできない。

「……俺は俺の戦いをする。そして信じる。アルバス・グレイフィールドを」

「……いつもの調子が戻ってきたみたいだな。それに彼……彼らは強いぞ。その一端を私は少し前まで見てきたからな」

エレインは手を離しながらそう口にする。

エレインは少し前まで共にいた男のことを思い返して、右腕を押さえる。袖《そで》の中、右腕のごく一部、そこがわずかに痛む。

「……誰と共にいたんだ？」

その様子を見たザイールは気になったのか、そう口にする。

ブラックダイヤモンドの竜騎士エレイン。彼女を傷つけるような人物。ザイールには思い当たる節がなかったからだ。

「紫黒たる火の魔法使い……。アルバス君に伝えたいな。今の彼は私ですら手を焼くほど凶暴になったと」

エレインは空を見上げながら微笑《ほほえ》む。グレイフィールド領で倒れた二人を見た時、いつか強大な魔法使いになると確信していた。自分たちに辿り着き、さらには追い越す可能性を、あの日の二人に見ていたのだ。

「……アイザック・グレイフィールド。今の彼はダイヤモンドを凌駕《りょうが》し、届くぞ私たち黒い宝石《ブラックダイヤモンド》に。そして彼も……な」

「そうか……覚悟を決めよう俺も。決闘の日、全てを決めるために」

かくして全ての運命は決闘に向かって進み始める。英雄祭はあっという間に過ぎ去っていき、七日目。多くの人が注目する決闘の日がやってくる。

＊＊＊

「仕方ないこととはいえ！　やっぱりアルバス様と一緒にいられないのは色々と溜《た》まるものがあります‼」

「まあ今日まで……というか今も修行中だしな。まあまあ、決闘前に顔だけでも拝んで……おいちょ」

「……ふぇ？」

ルルアリアとエレノアがそれぞれ別の反応を示した瞬間だ。

二人が向かおうとしていた訓練室。その部屋が吹き飛んだ。大量の魔力が壁をぶち抜き、隣の部屋をぶち抜き、さらにその隣の部屋、挙句《あげく》の果てには外まで壁が吹き飛ぶ。

「な、な、な……なにがあったんですかあああああああ⁉」

ルルアリアはその光景を目にして叫ぶ。つい先程まで訓練室だったところ。そこで膝《ひざ》をついているのはブレイデンとガラテア。そしてアルバスはいつもと違った雰囲気でそこに立っていた。

「よう、ルルアリア。とんでもないものを拾ったな。完璧《かんぺき》以上に仕上がってるぜ」

「まさかここまでとは……！　少し前までこの男の実力を見抜けなかった私の目は節穴だな……」

膝をつきながらもアルバスの実力を褒める二人。当のアルバスはルルアリアたちがきていたことに今気がついたような表情で声をかける。

「やあ、ルルアリア。色々と待たせたね。これなら勝てるよザイールに」

「……アルバス様、なにか、少し」

「変わったな。魔法薬いるか？」

どこか余裕に満ちたアルバスに対して、ルルアリアは驚き、エレノアは笑いながら魔法薬を差し出す。

「いえ大丈夫です。アルバスはそれを手で止めて……。

「いえ大丈夫です。アルバスは自然回復の範囲内でしか魔法を使っていません。ルルアリアを頼みます。

僕は僕の戦いを」

「ああそうじゃな。ルルアリアのことはまかせい。思いっきりやるんじゃぞ」

「アルバス様……！」

ルルアリアはアルバスの背中に声をかける。ゆっくりと振り向きながら微笑む。

「大丈夫です。ルルアリア王女様。必ず勝ちますから」

「あ、いや、私が呼び止めたのはそういうことではなくてですね……ああもう！」

ルルアリアはアルバスの胸を拳で叩《たた》く。アルバスはちょっと驚いたように表情を崩し、ブレイデンとガラテア、エレノアは笑う。

「私と小兄様の分です！　大兄様をぶん殴ってきてくださいよ!!」

「……ということだ。頼んだぜアルバス！」

ブレイデンも拳を突き出す。アルバスは軽く息を吐いた後、軽く笑い……。

「行ってきますみんな！」

そう口にして決闘の場、大闘技場へと向かっていく。

『さあさあ始まりましたっ!!　みなさんお待ちかね英雄祭七日目!!　決闘!!』

実況の声に観客たちは大歓声を上げる。その様子をルルアリアたちは専用スペースから聞いていた。

「この実況ってギルドの受付嬢さんでしょうか？」

「ああそうじゃ。賑《にぎ》やかしがほしいらしくてのぅ。やかましいのを貸したわ」

エレノアの人選は最適だったようで、実際実況につられてこれ以上になく大闘技場は盛り上がりを見せていた。

多くの人が見守り、決闘の始まりを今か今かと待っている。そんな様子にルルアリアたちは一つの希望を見出していた。

この中でアルバスが勝ち、皆の心を惹《ひ》きつければきっと大きな力になる。ルルアリアたちはそう確信していた。

後はこの決闘に勝つだけ。この決闘で人々の心を惹きつけるだけ。

『では早速登場してもらいましょう！　まずはこの方！　火、風、土……そして闇《やみ》！　四つの属性を持ち、英雄王子と呼ばれる男！　ザイール・ネフレミア・フォン・アストレアアアアアッッ!!』

実況の紹介と共にザイールが大闘技場の中に入る。黒いロングコート、右手に固定されるように持っている大砲の如《ごと》き漆黒の魔銃。大きさは二メートルほど。背の高いザイールよりもさらに大きい。

その足取りは覚悟を決めたかのように堂々としていた。

「大兄様……なんだか堂々としていますね」

「はんっ！　気に入らねえ……が、まあまあマシな面《つら》じゃねえか」

ルルアリアは意外そうな表情を、ブレイデンは気に入らなそうな表情をそれぞれ浮かべている。

『さあ！　次はこの方！　トレインから始まり、グレイフィールド領の魔族討伐を成し遂げた今を駆け抜ける新星‼　アルバス・グレイフィールドオオオオ‼‼』

対するアルバスも大闘技場の中に入る。堂々と余裕のある表情で。

「ふふっ、こんな状況だというのにアルバス君はすごいな。全く危機を感じさせない」

「竜騎士エレイン様⁉　どうしてここに？」

「わしが呼んだんじゃ。アルバスの代わりの護衛としてな」

やってきたエレインに、事情を知っていたエレノア以外の全員が驚く。

「ま、諸々の事情は聞いた。楽しみだなアルバス君たちの決闘」

エレインはそう口にして、視線を大闘技場に落とす。

アルバスとザイール。二人の男が大闘技場の中心を挟み対面する。観客たちの歓声に包まれている中、アルバスとザイールの二人はこれ以上になく静かだった。

『さて、対面した二人！　ハズレ属性と呼ばれながらも成り上がった男と、陽《ひ》の道を突き進み王国の頂点に座す男！　交わるはずのない二人が今、決闘を始めます!!』

専用スペースにいる誰もが決闘の始まり。その始まりを目に焼き付けようとする。

――そしてその時はやってくる。

『では決闘、開始です!!』

実況の合図と共に互いが構えをとる。ザイールもアルバスも淀《よど》みのない魔力操作で全身に魔力を纏う。

「おそらく初撃だ」

「ああ。どっちが主導権を取るか、初撃で決まるじゃろ」

ブラックダイヤモンドの二人はこの決闘の流れを予測する。

初撃をいかにして相手に叩き込《こ》むか。それによってこの勝負の流れが決まるだろう。

そして、この勝負の流れを掴む初撃。その初撃は誰もが予想できなかった一撃から始まる。

『狂える竜の顎《あぎと》、震え響く天空回路』

「アルバス様が……」

「詠唱じゃと⁉」

アルバスを知る者たちなら驚きを隠せないだろう。なにせ、アルバスが詠唱している姿を見たことのある者は誰もいないからだ。

「だが、アルバス君の強みは無詠唱。それを捨てて詠唱をするということは何か意味があるのだろう」

エレインはアルバスが詠唱することに何か理由があると思っていた。

「……わしでも予想がつかん。何をするつもりなんじゃやつは……！」

専用スペースで考えている中でも、決闘は進む。誰もが予想していなかったアルバスの詠唱。否《いな》、この詠唱を予想し、知っていた者が二人。アルバスと共に修行したブレイデンとガラテア。

二人は静かに笑みを浮かべて、アルバスの様子を見ていた。

『開け蓮《はす》の華、導かれし者たちの歌』

この詠唱をもっとも近い場所で見ていたザイールは直感する。

（この詠唱は止められない……!!　アルバス・グレイフィールドは何がなんでもこの詠唱を完成させる!!）

ザイールは妨害という手を切り捨てる。初撃の取り合いは負けた。ならばザイールのやることは一つ。この初撃を最小限のダメージで抑えること。

『魔力よ、強固に結び我を守る盾となり、要塞となれ。【魔力防壁】!!』

ザイールは巨大な魔力の壁を生み出し、これから来るであろう攻撃に備える。

ザイールの判断は間違っていない。ただ間違ったのはその規模。ザイールはもっと強固で強大な防御魔法を使うべきであった。

『轟《とどろ》け、響け、震わせよ、混ざり反発し、共振せよ、共鳴せよ、轟け我らの音』

この詠唱には意味がある。

詠唱は省略や短縮化することはあっても、長文化することは滅多にない。何故《なぜ》なら意味がないから。

現代の魔法戦において、詠唱は戦う上でのノイズ。隙となるからだ。

その究極系がアルバスの無詠唱、完全無詠唱だ。そのアドバンテージを捨てて詠唱をする意味、それは詠唱の多重化。

かつてアルバスが戦った上級魔族。彼は一つの詠唱で二つの魔法を使った。今アルバスがやっているのはその逆。

普通の詠唱、心音詠唱、そして身音詠唱。この三つを同期させ、それぞれの機能を拡張させて、三重の詠唱を生み出す。

そう、今アルバスがやろうとしているのは一つの魔法を使うために複数の詠唱を同時にするということ。それは本来儀式みたいに複数人の魔法使いが集ってやることをアルバスは一人で行なっているのだ。

全身を詠唱装置にすることで、アルバスは本来の実力の三段階上の魔法を発動する。その魔法の名を。

「【爆撃轟音波《フルバーストサウンド》】」

アルバスの背後に五つの振動の塊が現れたかと思うと、それはアルバスの正面で一つとなって、ザイールに向かって解き放たれる。

大闘技場どころか街を吹き飛ばしかねないほどの魔力の奔流。

「私の出力を上回っている魔法か……！」

「魔王……いや、あの魔法は全盛期のソフィに届きうる……！　つーことはまずい‼　魔法陣起動！」

大闘技場の壁は強固な対魔力建築材で作られている。しかし万が一に備えてさらに魔法陣が仕込まれているのだ。

エレノアはそれを起動させて観客たちを守る。ザイールもそれを見つめてさらに魔力を込めた。

爆撃轟音波がザイールを呑《の》み込み、大闘技場の壁にぶつかる。その瞬間、魔法は上空へと逸《そ》れていく。

『な、な、なんとぉ‼　アルバス・グレイフィールドの大魔法がザイール王子に直撃‼　王子の姿が見えない！　見えない！　これはもしや……⁉』

「まだ終わるわけないだろう」

大闘技場に吹き荒れた土煙を払ってザイールが現れる。ザイールの左腕から左半身が大きく傷ついており、特殊な素材で作られた対魔法の黒いロングコートもかなりボロボロになっていた。

「やってくれたなアルバス・グレイフィールド。それは予想つかなかったぞ」

ザイールはそう口にすると同時に、アルバスの実力の底を見た。

詠唱に詠唱を重ねた大魔法。アルバスが致命的な隙を晒《さら》してまで使った魔法。

それでも全力で防御すれば半身だけで済んだ。防御用に着込んだロングコートはもうほとんど機能を失い、二度目は耐えられない。だが、分かっているなら撃たせないようにするだけ。

アルバスの実力は少し予想外だったが、勝てる見込みの方が強い。それがザイールの、先の一撃に対する感想だ。

――故にだろう。アルバスの次の言葉をザイールは想像できなかった。

「なにか勘違いしているようですねザイール王子」

アルバスはぴっと人差し指をザイールに突きつける。アルバスはいつもと違い、ニヤリと口角を上げながら言う。

「そっちが僕に挑むんですよ。いや、僕たちに」

そちらが挑む。

その言葉の意図を読み取れないほど、ザイールは間抜けではない。

英雄祭における決闘は王子が挑むとなっているが、どちらかというと挑ませるという意味の方が強い。大観客に包まれて王子から決闘相手に指名される。それを受ければ勝とうと負けようとも誇り高いこと。でも受けなければ決闘から逃げたという汚名を背負うことになる。

決闘が英雄祭の目玉というのもあって、挑まれた側は受けざるを得ない。どんな実力差があっても。

さらにザイールは最初わざと負けようとも考えていた。これはアルバスを格下に見ているからであって、そのアルバスに改めて言われたのだ。

こちらが挑む側であると。つまり、この言葉が意味するところ、アルバスは挑発している。そちらの方が格下だぞ……と。

「……はっ、クソバケモノが。どいつもこいつも言いたいことを俺に言ってくるな」

ザイールは認識を改める。確かにアルバスを見くびってはならない。

多分この初撃以外にも隠し札があるだろうと予測する。短期間とはいえ、アルバスの側にはルルアリアやエレノアをはじめとして多くの協力者がいて、その協力を得て実力を一気に伸ばしてもおかしくない。

（アルバス・グレイフィールドのことも、音属性のことも詳しくない。ただ、最大の武器である無詠唱。普通の魔法使いなら無詠唱にとらわれるところを、あえて逆の詠唱に目をつけた。つまり、彼の属性に対する理解と解釈はかなり深い……！）

魔法使いにとって自分の属性への理解と解釈は重要な要素だ。それらがより深いほど、属性の力を引き出し、できることを一気に増やす。

属性が多いザイールが手札の量で有利を取っている……とも言えない。それ以上にアルバスが音属性を使いこなせるのなら、手札の量は互角か……もしくは。

「だから僕は負けるわけにはいかない。今から貴方のこと……本気で叩き潰《つぶ》す！」

アルバスは両腕に衝撃音を付与。一気に駆け出す。

目にも止まらない高速移動。ザイールもまた魔銃を構えて応戦する。

「来るか!!」

ザイールはアルバスに狙いをつけて、引き金を引く。魔銃の内部で魔力が圧縮されて、それは超高速で解き放たれる。

「魔弾……!!」

アルバスは足を止めてそれを拳で弾《はじ》きながら、ザイールの魔銃へと目を向けて、その目を輝かせた。

（まさか……いたのか。僕以外に無詠唱を武器とする人！）

魔銃……それもザイール専用に作られたものだろう。外部装置を使ってでも無詠唱で魔法を使う人がいたことに、アルバスは少し心を躍らせていた。

以前に詠唱の代わりになるものはいくつも開発されてはダメになったというエレノアが言っていた。しかしザイールはその詠唱の代わりになるものを担《かつ》いでいる。

（多分、あの魔銃には他にも何かあるはず。二つの銃口……足を止めて魔法戦はしたくないな……っ！）

アルバスは不規則な軌道で駆ける。

対するザイールは大きく動かず、アルバスを見据えて引き金を引く。一発、二発、三発と。少しずつアルバスのことを捉《とら》えていく。

「【衝撃音《ショックサウンド》！】」

アルバスは魔弾を迎撃する。ザイールの魔弾はアルバスの衝撃音よりも弱い。二つがぶつかり合えば、魔弾は競《せ》り負けて霧散する。

（出力はそこまでか……。魔銃を使ってることで出力が落ちている……？　いや、出力じゃなくて回転力重視で攻撃してるのか！　だったら早めに……！）

アルバスの見立てでは魔力出力の大きさはザイールの方が上。出力勝負になると押し負ける可能性が高い。

ザイールが回転力……出力を捨てて魔弾の数で勝負しているうちに、至近距離での格闘戦に持ち込む。それがアルバスの考え。

そしてアルバスは迎撃しながらも突き進み、ザイールの懐《ふところ》に入り込む。ここまで来たら、あの大きな魔銃があるザイールの方が不利……！

「取った……！」

「いや、取れていない」

時間にしてわずか二秒足らず。

アルバスはザイールが英雄王子と呼ばれる所以《ゆえん》を知る。

『土、風、火よ。混ざりて一つとなり』

「三属性の複合詠唱……！」

アルバスが阻止しようと攻撃を試みる。

……が、アルバスの攻撃をザイールは。

『ああーーーっと!!　ザイール王子、攻撃を避ける！　避ける！　避ける！　なんという身体能力!!』

「あんなもん担いでなんで避けられるんだ兄者……!!」

「凄まじい身のこなし。あの魔法を止めるには詠唱妨害だろうが……だが」

ガラテアとブレイデンは知っている。ここで詠唱破壊は撃ちにくいということに。

アルバスと長い間戦った二人だけが知っている詠唱破壊の弱点。あの魔法は……。

『敵を撃て。【射出壁《カタパルトウォール》】』

そして、魔法が放たれる。詠唱を止めきれなかったアルバスの身体が次の瞬間には吹き飛んだ。目の前から現れた巨大な土の壁に押し出されて。

「おもっ……!?」

「俺のオリジナルだ。さあここから」

急速に離されるアルバスとザイールの距離。ザイールはアルバスに銃口を向けて、何発か魔弾を発射する。

アルバスは考える。このままだと土の壁に押し出されて、大闘技場の壁に衝突するまで止まらない。それに加えて魔弾による追撃。最悪、この一撃で勝負が決まってもおかしくないだろうと。

「【爆音波《バーストサウンド》】!!」

よってこの状況を打破するにはこれしかない。正面に向けての爆音波で魔弾ごと土の壁を吹き飛ばして、ザイールに反撃する。

アルバスが解き放った爆音波は土の壁を粉々にし、魔弾を砕き、ザイールに向かって飛んでいく。

「少し遅いぞ」

「知ってますよ……!」

ザイールの身のこなしに回避されてしまうが関係ない。アルバスはそのまま薙《な》ぎ払うように爆音波を横に移動させる。

ここでザイールが爆音波と、その向こう側にいるアルバスに向けて銃口を向けた。次の瞬間、魔銃から地面に向けてアンカーが射出されザイールの身体を固定し、二つある銃口のうち、大きな銃口に魔力が集まっていく。

「魔砲解放」

一言しかない短文詠唱。その直後に解き放たれる魔力。アルバスの爆音波が一瞬にして押し負ける！

「嘘《うそ》でしょ⁉」

アルバスは両腕の衝撃音の付与を、全身に変更させて防御姿勢を取る。振動によって魔砲の何割かは弾《はじ》くことができたが、アルバスの身体は壁に勢いよく衝突する。

「あの魔銃にあんな機能あるんですね……あんな爆音波が弾かれるような大魔力……」

「魔砲。移動が制限されるのと、一気に多くの魔力を消費し、使用後数分間は使えないが、その代わりにザイールの性能以上の出力を叩き出してくる」

エレインはこの魔砲を何度か喰らったことがある。先のアルバスといい、魔法使いとして熟練度が増すと自身の性能以上の魔力を出力する手段を持っている。

それがザイールなら魔砲ということだ。アルバスの爆撃轟音波ほどではないが、その威力は強力無比。生半可な迎撃では一瞬で押し負けてしまう。

『土、風、火よ。混ざりて一つとなり敵を』

「やばいのぅ。ここで追撃か。全身の付与は先の一撃で吹き飛んだ……生身で受ければ決定的になる」

「いや……ここっ‼」

エレノアの言葉に対して、ガラテアはそう叫ぶ。アルバスとて全身の付与が剥《は》がされているのも分かっている。だからこそ、アルバスの武器が突き刺さる。

「【詠唱破壊《スペルブレイク》】」

「……ッ⁉　これが……‼」

アルバスは一瞬の隙をついて再び衝撃音を完全無詠唱で全身に付与。勢いよく駆け出して距離を詰めようとする。

「ガラテア……ナイトレイだったかな？　なんであそこでアルバス君が詠唱破壊を撃つと分かったんだ？」

詠唱破壊はその効果を知っている人でも、どのタイミングで使われるか分からない。実際、詠唱破壊のタイミングを正確に見切れたのはこの場だとガラテアだけ。

ブラックダイヤモンドの目ですら見切れなかったのに、推定ゴールドからプラチナ程度の実力のガラテアが見抜いた理由。それが知りたかった。

「詠唱破壊は私が思っている以上に難しい魔法でした。あれを使えるのはおそらくアルバスだけ。アルバスの天性による先読みと詠唱の感覚、魔法への知識量がなければ、あれは使いこなせない」

「ほう……？　興味深いな続けてくれるか？」

「はい。アルバスはあの魔法を使う間だけ無防備になる。魔力操作と集中力のほとんどを詠唱破壊に使ってしまうから。

強力とは言え、乱発すればその弱点に勘づかれる。だからこそ」

「俺たちは考えた。詠唱破壊は相手の油断で使うということを」

ガラテアの言葉に続くようにしてブレイデンがそう口にする。

詠唱破壊はガラテアの言う通り、かなり精密な魔法だ。これを使う間、アルバスは無防備になってしまう。

だからこそ、修行の中で三人は考え、そして辿り着いた。詠唱破壊は相手の精神的余裕が生まれた時に差し込むと。

優れた魔法使いとはいえ、常に最大の集中力を払っているわけではない。魔法の発動や周囲の環境、自分が今置かれている状況、刻一刻と集中力は上下する。

先ほど追い詰められていたザイールは射出壁とともに魔弾を放った。だが、今は射出壁のみを使おうとしていた。

それは何故か。アルバスに防御手段がなく、先を見据えて無駄な魔力を消費したくないという心理が働いたからだろう。

それがアルバスに付け入る隙を生ませてしまった。絶対的な有利、後一歩押し込めれば勝利に近づくこの局面で、アルバスはギリギリのところで詠唱破壊を放ち、ザイールの思惑もろとも思考や精神的余裕を崩したのだ。

「やるな……アルバス！」

「余裕そうに上から目線でどうも!!」

結果としてアルバスに急接近を許したザイールだが、すぐに精神を立て直す。油断はできない。ザイールはすぐに魔銃を構えて、魔弾を数発アルバスに向けて叩き込む。

「【衝撃音《ショックサウンド》】……！」

それら全てを衝撃音で相殺《そうさい》しながら最短距離で近づこうとする。

『土、風、火よ。混ざりて一つとなり』

「それは絶対に止める！　詠唱《スペル》……」

その瞬間だ。ザイールはアルバスに銃口を向けた瞬間、すぐに引き金を引く。

発射されたのは魔弾ではない。魔弾の発射音の代わりに響いたのは巨大な甲高い音。間近で聞けば鼓膜が割れかねないような大きな音だった。

会場の誰もが耳を塞《ふさ》ぎ、ザイール自身魔力で鼓膜と耳を保護。この中で一番これによるダメージを受けたのはアルバス。

（やら……れたっ!!　音が聞こえすぎることをこの人は知ってたのか!!）

属性を持つ者たちはもっとも得意な属性を魔法を介さずともある程度使うことができる。

それはガラテアとの戦いでアルバスが実際に目にしたこと。ガラテアは雷を纏うことができたが、当然アルバスにも同じような能力はある。

アルバスは人よりも可聴域が広く、耳がいい。それを生かしたのが索敵音。索敵音は特殊な音波を放出するため、音属性にしか聞き取りや察知ができない。

その特性を逆手に取られた。ザイールが放ったのは暴徒や傷つけてはならない人を鎮圧するために使われる大音量を放つだけの機能。

シンプルだが効果は絶大。そもそもある程度離れていても人の思考回路を数秒間奪うくらいの音だ。人より可聴域が広く、さらに常人よりも耳が良すぎるアルバスにとって、これは何よりも辛《つら》い。

『敵を撃て。【射出壁《カタパルトウォール》】』

アルバスが怯《ひる》んでいる間にも詠唱は進み、そして二度目の射出壁が放たれる。ザイールのオリジナル魔法射出壁。

土属性の魔法、土壁をベースにして開発された魔法で、土壁を超高速で相手に突っ込ませるという攻撃魔法だ。

土属性は四大属性の中でも防御に特化している。壁を生み出したり、地形を変化させたり、物の硬度を変化させたりなど。

固体を操る分、消費する魔力はそこそこ多く、さらに攻撃魔法は上と下の差が極端すぎて使いづらい。

それを改善したのが射出壁。土壁を相手に向けて、火と風の魔力で押し出すことで、そこそこの魔力で上級魔法に匹敵《ひってき》する威力の質量攻撃を可能とした。

地面から迫り上がってきた土の壁にアルバスは空中へと吹き飛ばされる。

「アルバス様!!」

「かろうじて防御は間に合っておるが……だがまたもピンチじゃ……こいつぁ!!」

空中に放り出されたアルバス。このまま落ちたら大ダメージ。かといって姿勢制御もままならない。

（ああくっそ！　なんていう人だ……魔力操作もめっちゃ乱れてるし……回復に魔力取られて、ああくそ頭回んないー！）

射出壁は無防備で喰らえば身体が押し潰されるような魔法。それを防御しているとはいえ、二度も直撃を受けた。

骨の何本かは砕け、内臓や筋肉にもダメージがある。呼吸を整えて魔力で肉体を回復させないと体の方が先に潰れてしまう。だがそれは防御に回せる魔力が少なくなるということ。

『土、風、火よ。混ざりて一つとなり、二重の壁となりて敵を撃て』

「ねえ……ちょっ!?　ここから二発!?」

回復に魔力を使っていたため、詠唱破壊のタイミングを逃したアルバス。回復をそこそこに、全身に付与している衝撃音に多くの魔力を込めて、攻撃に備える。

『【射出壁：二連】!!』

「……は？」

流石のアルバスもこの魔法には驚かざるを得なかった。

近すぎる。アルバスのほぼ目の前と後ろに現れた土の壁。その距離はわずか数センチ。代わりに土の壁が全身を押し潰すような大きさから半身を押し潰すような大きさまで小さくなっている。

「……前々からアルバス様を見て思っていたのですが、魔法って手元で発生するんじゃないんですか？」

その様子を見ていたルルアリアはそう口にする。

ルルアリアの言う通り、ほとんどの魔法は手元、もしくは発動者の近くで発動する。しかしアルバスや今のザイールはそれに囚われていない。このカラクリがルルアリアの中では納得いっていなかった。

「んまあ、ルルアリアの言っとることは正しい。じゃが、魔法使いの格が上がれば上がるほど、自分から離れたところで魔法を発生させられる」

「まあ条件付きだがな。今、大闘技場はアルバス君とザイールの魔力で満たされている。その魔力を起点にして魔法を発動したのだろう」

エレインはそう言葉にしながら、ある疑問を抱いていた。

（この理屈だとアルバス君の衝撃音が説明できないのだがな。彼は魔力を起点とせずとも、ほぼ好きなところで発動させているが……今は関係ないか）

エレインは視線をアルバスに戻す。

そのアルバスは今、二つの壁に体を押し潰されていた。下半身を潰されてもなお止まることはない土の壁。数秒後には真っ二つになってもおかしくない。

（いや、その前に意識が飛ぶ！　肺が圧迫されて呼吸できないし、そのうち心臓も……!!）

血液の流れが圧迫によって止まったことで、意識を保っていられる時間も長くはない。ここで意識が飛べば負けは確実。

脱出しなくてはならないのに、肺が圧迫されて満足に声も出せない。絶体絶命の状況……普通の魔法使いならば。

「……ぃぎ、あ、ああ!!」

なんとか意識が飛ぶ前に、声にならない声を上げる。その声と心音で完全無詠唱の衝撃音を放ち、土の壁の一部を破壊する。

「うまいですっ!!　これなら呼吸ができる！」

「衝撃音で土の壁を砕いて空間を作り、わずかだが呼吸する間を作ったのか……。だがこれだけでは」

「いいえ、ガラテア様。声さえ出せればアルバス様はなんとかしちゃいますよ!!」

衝撃音の威力では土の壁を完全に砕くことはできない。しかし、一部を砕ければ、わずかに空間ができ、再び押し潰されるまで時間が生まれる。

その間にアルバスは呼吸を済ませ、そして魔法を発動する。

「【爆音波《バーストサウンド》】!!」

爆音波を使い、その勢いを利用して一回転。二つの土の壁を完全に砕き切る。

『な、なんとぉ!! 絶体絶命の危機を乗り越えるアルバス・グレイフィールド!! これが音属性の強さというのかあ!?』

実況につられて、観客席が盛り上がる。観客たちも先の様子を見て……。

「すげえ……。あそこから打開できるのか」

「俺ならあそこまでで何度気を失ったか……想像もしたくねえ」

「というか、意外と丈夫だなあのあんちゃん。噂の冒険者っていうだけはあるか」

「よっしゃいけえ!! アルバス・グレイフィールド! お前の勝ちに俺は賭《か》けるぞ!! ウオオオオオオオオ!!」

少しずつ会場がアルバス側へと傾く。

正直観客の数割はザイールが勝つだろうと予測していた。いくら注目されている冒険者だからといって、まだ属性を発現させてから数ヶ月足らずの新人《ルーキー》。

対するザイールは実績も経験もあり、何より四つも属性を持っている。その全てが優れた属性。

注目されているといってもアルバスはハズレ属性。その実力を疑っていた人は少なくない。けれど、アルバスは初撃ではザイールを圧倒し、今、ザイールが繰り出す数々の攻撃を捌《さば》いている。普通なら負けていたであろう場面を打開していくその姿に、人々の心は少しずつ、アルバスに傾いていく。

「会場がいい感じに……！　これならアルバス様は！」

「まだじゃ！　じゃが……いい流れとは思うな！」

大闘技場の盛り上がりを肌で感じて、希望を見出していくルルアリアたち。そんな時だった。

彼がやってきたのは。

「ファ、ファ、ファ、ファ！　おやおや、遅れてきたと思ったら随分と騒がしいですねえ？」

専用スペースにやってきたのはファッティ大臣。彼は笑ってこそいたが、その目は酷く冷たい様子だった。

「やかましいのがいねえと思ったら今さら来るなんてな。なんの用だ？」

「ファファファ！　いやなあにぃ……あなたたちのお兄様が心配でしてねえ。まさか負けてしまうんじゃないかと思いまして」

一瞬で険悪になる場の空気。

アルバスとザイールの決闘はまだ続いている。無数の一進一退の攻防が繰り広げられている中、ファッティ大臣は冷たい声で言う。

「これはこれは良くない。とても良くない。我らの看板がまさかこんなことになっているとは……。少し……調整というのが必要ですねぇ」

ファッティ大臣が一枚の紙切れを取り出す。正方形に切り抜かれた小さな紙切れだったが、中心には魔法陣らしきものが刻まれている。

それを見て真っ先に駆け出したのはガラテア。ガラテアは雷属性の魔力をたぎらせて、誰よりも早く、ファッティ大臣の懐に入り込む。

「答えろ‼　それはなんだ‼　何をするつもりだ⁉」

「おやぁ？　ナイトレイのご令嬢が血相を変えてどうかしましたか？　ハズレ属性を嫌って、自分自身すら嫌っていた貴方がそれはそれはとても必死の形相で」

「今は関係ないだろう！　その紙を……っ⁉」

ガラテアが紙を取り上げた時だ。魔法陣が赤く光り、それはガラテアの手元で爆発《ばくはつ》を起こす。

「ガラテア様⁉　貴方……っ‼」

「クッッソが！　ガラテア先走りやがって！　てめえ……なんのつもりだ⁉　こんなことして許されると思ってんのか⁉」

ルルアリアはガラテアの方に駆け寄り、ブレイデンはファッティ大臣の胸ぐらを摑み上げる。

その時、ブレイデンは見た。胸元《むなもと》の赤い宝石のペンダントが砕けていくところを。

「貴方たちもバカですねえ。あんな堂々とこの私が、切り札を見せつけるわけないじゃないですか。それなのに……貴方たちは本当に……頭が足りていない間抜けの集団!!　どうですか⁉　後ろで見ているだけのブラックダイヤモンドのお二方⁉」

ファッティ大臣は魔道具を使った。一回限りの魔力を通すだけで使える魔道具を。

本命はペンダントの方で、ガラテアに摑み上げさせた紙はただのブラフ。こざかしいことをせずに早くペンダントを起動させるべきだろうが、この場を揺さぶるためにあえてあのような行動を取ったのだ。

「ついでに先の質問についてもお答えしておきましょう。……許されると思っているからやったのですよぉ!!　虫が飛ぶように！　人が呼吸するように！　私は……私たちは無能を傷つけても許される!!　それがこの国ダアアア!!!!」

ブレイデンはファッティ大臣の言葉に奥歯を嚙み締めるだけで何も言えずにいた。

ガラテアの制服は対魔力の繊維が編み込まれているとはいえ、至近距離で爆発魔法を喰らったのだ。ただで済むはずが……。

「まあなんだ……色々と勘違いしているみたいじゃから言ってやろう。お主が何をするつもりか正直興味もないが……止める必要は特に感じられなかったから止めなかった。ま、あの爆発もワシよりも早く竜騎士にしてやられたがのぅ」

「そういうことだ。彼女を見てみろ」

「何を強がって……ファ⁉」

　ガラテアの身体は無傷であった。蒼《あお》い炎がガラテアの身体を包んで守ったからだ。

「これが竜騎士の炎……これは火属性なのか……？」

「高度な火属性魔法は蒼い炎を発するらしいな。まあそんなようなものだと思ってくれ。これはただの出力だが」

　魔力の出力。魔法を発動せずとも、爆発魔法をかき消してしまうほどの魔力。それが竜騎士の実力だ。予想外の展開にファッティ大臣は脂汗を滲ませていく。

「た、たしかにぃ……そこの騎士を守ったのはた、多少評価しますがあ……？　ですが貴方たちは我々の本命を見抜けなかった！　その間抜けさはどう説明するんですぅ⁉」

「アッハハッハッハッ‼　笑わせてくれるのぅ。お主にいいことを教えてやろう」

　エレノアは視線をアルバスたちのところに落とす。その後ファッティ大臣のところへと歩いて行って……。

「少し逆境があるくらいがちょうどいい演出になるとは思わんか？　のぅ？」

「ま、まさかあ‼　あの‼　ぎ、ギルドマスターが……ハズレ属性のことをこんなに贔屓《ひいき》しているとは思ってもいませんでしたねえ‼　目が曇ったのでしょうか⁉」

「いんや？　見ていればいいじゃろ。案外、お主の心配は的外れじゃないかもしれんぞ？」

「……はっ！　し、知ったことじゃありませんねえ！　不愉快……不愉快ですっ！　とっても不愉快不愉快ですですっ‼　私は失礼させていただきますっ‼」

ファッティ大臣が胸ぐらを掴まれていた手を無理矢理振り払うと、早足で出ていく。

そんなことが起きているとは知らず、アルバスとザイールの決闘は激化している。

アルバスはそんな戦いの中で感覚がより研ぎ澄まされているせいか、すぐに気がついてしまう。大闘技場に、アルバスのものでなければ、ザイールのものでもない、第三者の魔力が流れる。

（誰の……ッ⁉）

アルバスが地面に足をついた瞬間だ。アルバスの足元で爆発が起こる。

アルバスは瞬間的に下半身に衝撃音を集中。衝撃音の魔力で爆発を弾き、その爆発を利用してさらに加速する。

「始まったか……すまないアルバス・グレイフィールド」

「何を……っ⁉」

次の瞬間、背中側からアルバスの肩を魔弾が貫いた。予想もしていない方向からの攻撃、先の爆発のために衝撃音を下半身に集中させていたのが仇となった。

本来なら、身体の衝撃音で防ぎ切れる魔弾を無防備な状態で受けてしまったのだ。

「え……大兄様は魔弾をあの方向に撃ってませんよね⁉」

「だとしたらさっきのか……クソ大臣のあれか！」

「いやですが、ブレイデン王子、ルルアリア王女様！　すぐに回復しています！」

アルバスは魔力による治癒で肉体を回復させる。全身に衝撃音を纏わせようとした瞬間だ。

アルバスの身体から付与していた衝撃音が消える。

「……ッ⁉　なんで⁉　……いや！」

一瞬困惑したが、すぐに答えを導く。

魔力がうまく出力できない。魔法の発動そのものを妨害されている感じだ。

だが不幸中の幸い、魔法は使えないが心音詠唱などは解除されていない。あくまで解除されたのは纏っていた衝撃音だけで、魔法が使えないのも衝撃音や爆音波みたいな攻撃魔法だけだ。

「君の身体に打ち込まれたのは妨害弾。一定時間魔法を封印する魔弾だ」

「ご丁寧に説明どうも……！　いや、その顔はそういうことなんですね」

「……すまない」

ザイールの表情を見て、全てを察するアルバス。これが本来望んだ形の決闘ではないことをアルバスは知ってしまった。

けれど、それで戦いをやめるアルバスではない。魔法が使えずとも魔力操作はできる。声帯付与や衝撃音の付与で培《つちか》った付与魔法への高い適性。それを応用すれば、魔法を使わずとも大量でかつ、ある程度機能を持たせて魔力を纏うことができる。

「魔法が使えなくなっている⁉　どうしてですか！」

「まあ多分、先の一撃じゃろうな。あれのせいじゃ」

「しかし手が込んでいるな。数分間、魔法を使えないのはかなりの痛手。アルバス君はどう切り抜ける……？」

アルバスが魔法を使わず、魔力のみで戦い始めた時。ルルアリアはそう叫ぶ。

アルバスにかけられた呪い。

エレノアとエレインの二人は見抜いていた。アルバスが数分間、魔力を出力できていないことに。

「多分、その手の仕掛けがここにはウヨウヨとあるじゃろう。じゃが……」

「アルバス様なら乗り越えてくれるはずです……絶対！」

アルバスはそんな中でも思考を止めない。

ザイールは数分間と口にした。つまりザイールの中では数分間、アルバスからの魔法攻撃はないと踏んでいる。

「じゃあ付き合ってくださいよ肉弾戦」

アルバスは拳に大量の魔力を纏わせてザイールに攻撃する。ザイールの肉体に突き刺さる重い拳。一撃、一撃ごとに鈍い音が響く。

（……マジかアルバス・グレイフィールド。魔法なしでここまでの威力を!!）

ザイールはアルバスに吹き飛ばされる。決闘の開始から徐々に上がっていくアルバスの魔力出力。戦いの中で魔法使いが成長することは多々ある。

しかし、アルバスのそれは少し異常だ。凄まじい速度で成長していくアルバス。彼を最初にグレイフィールド家の神童と口にしたのは誰だっただろうか。

（これが天才というやつか……!!　全く……嫉妬《しっと》する！）

ザイールは魔弾を放つ。アルバスはそれでもお構いなしに真《ま》っ直《す》ぐ突き進んでくる。それを……。

「【魔弾解放：火炎放射《フレイムバーナー》】」

「なっ⁉」

魔弾がアルバスの目の前で弾けたかと思えば、勢いよく炎が噴出される。

アルバスはさらに出力を高めて、それを防御。ほとんど無傷で凌《しの》ぐ。

「驚きましたよ。こんな隠し札まであるなんて」

「驚いているのはこっちの方だ。なんという出力なんだ……！」

魔弾解放はザイールの魔銃の機能の一つだ。威力や精度が下がる代わりに、ほぼ詠唱なしで魔法を発動できる。

魔弾の飛距離に応じて威力や範囲、精度が下がっていき、ある距離になると発動すらできない。基本的に相手の予想外を突く奇襲として、ザイールは使う。

しかし、それらのデメリットがある中でほぼ直撃だった魔法を魔力だけで耐え切った。それもほぼ無傷で。大量の魔力が尽きる様子もない。

「だが……これは耐えられないだろう⁉」

魔力が強く濃くなる。アルバスはザイールに駆け寄る速度を上げた。その魔法を今喰らうのはまずいと判断したからだ。

『土、風、火よ。混ざりて一つとなり敵を撃て【射出壁】』

ザイールの手元から発射されるフルパワーの射出壁。これを受ける手段、押し潰された時の脱出手段は今のアルバスにない。

「アルバス様……！」

ルルアリアが立ち上がって叫ぶ。

次の瞬間、アルバスの身体が吹き飛ぶ。土の壁に押し出されて、アルバスはなすすべなく、大闘技場の壁に衝突した。

アルバスがこの魔法を何度も受けて平然としていたのは衝撃音を纏っていたから。衝撃音で土の壁を砕くことでダメージを最小限に抑えていた。

故に衝撃音が使えず、魔力のみで受けたアルバス。この一撃でアルバスは立ち上がることすらできないほどのダメージを負う。

「……終わりか。君ならば」

壁際《かべぎわ》にもたれかかるアルバスを見て、ザイールは悲しげな表情でいう。

呪いの効果も残っている。傷も深く、魔力による治癒が間に合っていない。ここから万が一の勝利はないだろう。

「……結界魔法って難しいですよね」

「何を……？」

「一度彼女に見せてもらったんですが、適性、魔力量、出力のどれが欠けても形にならない」

アルバスは朦朧《もうろう》とした意識の中、ザイールへと話しかける。この時、ザイールの脳内に様々な可能性が駆け巡り、ザイールはその全てを否定した。

何故ならあり得ないから。魔力こそ残っているが、呪いのせいで魔法が使えない、大量の出血と傷で意識が朦朧として、まともに魔法が使えるような身体ではなかったからだ。

だからこそ見落としていた。アルバスが魔力を残しながら傷を治癒していないことを。その理由……。

「まさか使えるのか……？」

「おいおい嘘じゃろ。普通、思いついてもやるか？　肉体の治癒を優先させるんじゃないのか⁉」

ザイールとエレノアの驚きが重なる。視点は違えど、二人はアルバスがやっていることに対して驚きを隠せない。

ザイールはある可能性に驚き、エレノアはできると思うが本当にやるのかということで驚いていた。

「少し予定がズレましたが、ここには大量の魔力が満ちている。僕の足りない出力をこれで補う」

アルバスがいくつもの魔法を、わざわざ迎撃した理由。今こうして肉体を治さず、別のことに魔力を使っていた理由。その全てがいま、解き明かされる。

「君は……その位階の魔法使いだというのか⁉」

ザイールが叫んだあと、その魔法は紡《つむ》がれる。アルバスの魔力が大闘技場全域を包む。強固に結びついたそれらは残っていたザイールの魔力すらも取り込み、アルバスの魔力へと還元されていく。

結界魔法。魔法使いが辿り着く一つの究極。それが今、解き放たれる。

「……僕の音はどこまでも響き、反響する」

故にその魔法《な》は。

「【結界魔法：響音室《ライブボックス》】」

紡がれた結界。その発動までの時間はあまりにも早く、ザイールはただその発動を見守ることしかできなかった。

結界からの魔力供給を受けて急速に回復していくアルバスの肉体。

「……やはり、アルバスが肉体を治していなかったのは呪いの解除に魔力を使ってたからか」

「私の時と同じ……もしかしてアルバス様の呪いへの対処、相当手慣れていますよね」

アルバスは一度ルルアリアの呪いを目にしているせいか、呪いへの対処を理解していた。圧倒的な魔力量でねじ伏せる。呪いに大量の魔力を流し込むことで、呪いの効果をなかったことにしていた。

肉体の治癒よりも呪いの解除を優先したのはアルバスのファインプレー。魔法を使えないと思った状態からの結界魔法。

これで今まで劣勢だったアルバスは一気に状況をひっくり返した。

(どれだけ持続する⁉　いやそもそも結界の効果は……？　攻撃性がないということは強化のみなのか……⁉)

様々な可能性がザイールの頭をよぎる。ザイールが留学している学園都市国家。そこにも結界魔法の使い手はおり、それを何度も目にしている。

しかし、アルバスの結界は発動までの時間がそれらよりも格段に早く、またどんな効果があるのか分かりにくい。

(だがいくらアルバス・グレイフィールドの魔力量といえど、長くは持たない。攻撃性能がないと仮定するならこのまま逃げるべきか……？)

結界魔法は発動にも維持にも大量の魔力を消費する。アルバスの場合、結界からの魔力供給があるとはいえ、消費量の方が上回るだろう。

ならば発動時間を防御と逃げに徹すれば勝てる……。

「場を盛り上げろアルバス・グレイフィールド!!　勅令だ!!」

ザイールはこれ以上になく魔力をたぎらせてアルバスのもとへ駆け出す。ザイールは逃げたりも守ったりもしない。

正面から叩き潰すと決めた。

故にこれからの数分間は誰の目にも忘れられないような時間となる。

『あぁーーっと！　数々の危機を乗り越えて結界魔法を使ったアルバス・グレイフィールドにザイール王子は突っ込んでいくぞ!!　この勝負目が離せない!!』

実況によって観客が盛り上がる中、アルバスとザイールは正面からの魔法戦に突入する。先手を取ったのは。

「か……っ⁉」

ザイールが詠唱を紡いだ瞬間だ。ザイールも知る、音がなくなる現象が彼を襲う。

ザイールは魔法を妨害されたと知るとすぐに魔弾を放つ。しかし、わずか一瞬の隙。それを突かれてアルバスとの距離が縮まっていた。

（詠唱破壊……⁉　彼がそんなことをした素振りはないが気になるな……ならっ！）

アルバスがあと一歩でザイールを射程に収めようとした時だ。ザイールは魔弾を放つように見せかけて、先と同じく大音量の爆音を鳴らす。

「……それ、耳が痛いんですよね!!」

「痛くしているからな！」

アルバスは鼓膜を魔力で保護しているけど、それでも多少の集中力を削《そ》がれてしまう。その間にザイールは魔法の詠唱を開始する。

「つ……っ⁉　やはりこれは……！」

アルバスが怯んで詠唱破壊ができないタイミングにも関《かか》わらず、詠唱が遮《さえぎ》られた。

つまりこれはアルバスが放っている詠唱破壊ではなく……。

「君の結界の効果！　詠唱破壊の自動発動か!!」

「当たりですっ！　こんなに早く気がつかれるとは思いませんでしたけどね!!」

アルバスは完全無詠唱の衝撃音を放ちながらそう口にする。ザイールは魔力でそれを防御しつつ、魔弾を発射。

「これならどうだ⁉　【魔弾解放：射出壁】!!」

響音室の詠唱破壊は魔法の詠唱にしか反応しない。ザイールの魔弾解放のような魔道具を起動させるための詠唱には反応しないのだ。

結界魔法を構築する際、様々な効果を結界内に付与できるが、アルバスの結界魔法は未熟。そこまで複雑な効果を付与できなかった。

詠唱破壊の自動発動ともう一つ。そのもう一つが今放たれる。

「……なっ⁉」

「完全無詠唱の爆音波⁉　できたのですか！」

ルルアリアとザイールが別々の場所で驚く。

魔弾解放の射出壁は大きさは一回り通常のものより小さくなるが、衝撃音で対処できるものではない。

その射出壁が発動したと同時に完全に砕かれた。アルバスの手持ちだとそんなことができる魔法は爆音波のみ。

ただ、アルバスは今まで一度も爆音波を完全無詠唱で使っていない。

「アルバスの結界効果は二つ。詠唱破壊の自動発動と魔法の補助装置。あの中だとアルバスは普段完全無詠唱で使えない魔法、本来使えない魔法を使えるようになる」

ブレイデンとガラテアは知っている。この結界を完成させた時、アルバスが組み込んだ効果を。アルバスは自分の足りない出力や魔法能力を補うために、結界そのものを魔法発動のための補助装置にした。

本来の思惑は魔法の強化程度の考えだったが、実際に使ってみると、結界の中では今まで出力不足だったり、経験不足で使えなかった魔法も使えるようになっていたのだ。

「なるほど！　これがアルバス様の切り札っていうことですね‼　小兄様！　ガラテア様！」

「いや……」

「まだあります……」

そして、アルバスが決闘に対して準備した切り札はそれだけではないと二人は口にする。

ルルアリアたちが首を傾げる中、戦いはさらに激化していく。

魔弾と魔弾解放でアルバスを間合いに入れないようにするザイール。結界の補助を含めて距離を縮めていくアルバス。

アルバスの身体がついに、ザイールの元に辿り着き、何度目かの肉弾戦となる。肉弾戦となれば、全身に付与魔法と結界からの支援を受けているアルバスの方が圧倒的に有利。

「これで……！」

「つうっ……！」

アルバスの怒濤《どとう》の攻撃に対して防戦一方のザイール。これで勝負はついたかと思われた。否、誰もがアルバスの勝利を信じようとした時だ。

(流石だ……アルバス・グレイフィールド。だが……ここで詰まないのが王子たるゆえんなんだよ)

ここからの逆転は無に等しかった。けれどそんな状況をアルバスが何度もひっくり返したように、ザイールもまたひっくり返す。

ザイールは攻撃を受けた反動で仰向《あおむ》けになると、上空に向かって魔弾を十発近く放つ。それは上空へと消えていき……そしてザイールはこう口にする。

「【魔弾連鎖融合解放《ユニオンレイド》：壊撃射出壁《インパクトクレーター・カタパルトウォール》】ッッ!!」

刹那、人々はあり得ないものを目にする。上空から降ってきたのは巨大隕石《いんせき》かと見間違うくらい大きな岩の塊。

大闘技場全域が影に覆《おお》われるくらい巨大な塊に誰もが言葉を失い、愕然《がくぜん》とした。

「アルバス・グレイフィールド！　これが俺の切り札だ!!　加速し、燃え上がるこいつをどう対処する!?」

これがザイールの切り札。魔弾を複数個融合させることで放つ大魔法。その大きさと質量は、アルバスが初撃に使った爆撃轟音波ですら完全に壊し切ることはできない。

「あのやんちゃ小僧！　なんつーもん使うんじゃ！」

エレノアが立ち上がり、対処のため魔法を使おうとした時だ。そばにいるルルアリアだけが気がついていた。

「いえ……アルバス様、が」

この時ルルアリアは見ていた。アルバスがその場に立ち、静かに、先ほどまでの興奮を忘れて、ただ没頭するように魔法を紡いでいく様を。

結界が端から解けて、一本一本細かい繊維のようになって、アルバスの手元に集まっていく。アルバスの目から光は消えており、ただその魔法を紡いでいくことに全神経を集中させていた。

『なんだなんだぁ!?　王子のド派手な魔法もそうだが何が起きている!?　アルバス・グレイ

フィールドは何をしようとしているのだ⁉』

こんな時でも行われる実況に、人々の目線がアルバスに釘付《くぎづ》けとなる。

それはまるで神秘的な神々《こうごう》しさすら感じる光景だった。髪が少しずつ赤色に染まっていき、結界魔法が生まれ変わるように別の魔法へと姿形を変えていく。

「なんだあれ……めっちゃ綺麗《きれい》だぞ」

「こんな状況でなんていう集中力なんだ」

「次は……どんな奇跡を見せてくれるんだ？」

静かに紡がれていく魔法。その光景に誰もが魅了されていた。誰もがその魔法の完成を今か、今かと待ち望んでいた。

そして、その中でルルアリアとザイールは奇《く》しくも同じ言葉を思い出していた。かつて在りし日の彼が語った言葉を、かつて学園都市国家にいる黒い宝石《ブラックダイヤモンド》に語られた言葉を。

「魔法とは神から与えられた奇跡ではなく」

「魔法とは神を超えるために演算される軌跡……なんですねアルバス様」

結界魔法を別の魔法に再構築するという並外れた行為。アルバスはギリギリまで結界による恩恵を受けつつ、この土壇場《どたんば》で誰も見たことがない新しい魔法を組み上げていた。本来なら、何十日と実験を重ねて作る新魔法を、今この瞬間に。

そしてそれは成る。

アルバスの手元に作り出された球体。大闘技場に満ちていた大量の魔力。それを全て凝縮した魔力の塊。それは無数の波紋を浮かび上がらせ、波紋は大きくなったり、小さくなったり、速くなったり、遅くなったりを繰り返していた。

アルバスはそれを言葉と共に空中へと手放すようにそっと打ち上げる。

「【滅音波《ヘヴィメタル》】」

それはゆっくりと浮遊し、徐々に、徐々に加速をして、ザイールが放った岩の塊へと向かっていく。

あと数秒でぶつかろうとした瞬間だ。それをずっと観察していたエレノアが叫ぶ。

「竜騎士！　お主が守れ！　わしが止める!!　あれはやばい……!!」

「了解っ！」

「先生⁉　エレイン様⁉」

エレインは普段着から鎧《よろい》の姿に。すぐさま身に纏っているものを魔法で変化させると、両手の剣に火属性の付与魔法を施し、上空に飛び立つ。

エレインは大闘技場を囲うように一周する。炎の輪が大闘技場の上空を包んでいく。

『この身に流れる古き偉大なる幻想の王に希《こいねが》う。我が龍血、我が祈り、我が焔を糧《かて》とし、今一度幻想潰《つい》えしこの大地に現れ、王の故国を護りたまえ！』

紡がれていく詠唱。その詠唱に呼応して紅と蒼の炎がドーム状となっていく。

『その魔力顕現せよ！　双龍炎陣‼』

炎の結界が守っているのは外周の観客席のみ。内周のアルバスとザイールが戦っている空間は守られていない。

エレインは二人の決闘に手を出すべきではないと考え、観客の保護のみを優先したのだ。

「さて、ギルドマスター。あとは頼むぞ」

一方その頃。エレノアもまた魔法を使おうと詠唱を始めていた。

『魔力よ、我に従え。支配魔法《ドミネーションマジック》』

エレノアは続けて魔法の詠唱を開始する。その詠唱はルルアリアが耳を疑うようなものであった。

『音よ、この世界から消え去れ。消音世界《サイレント・ザ・ワールド》』

「音属……⁉」

ルルアリアが反応しようとした瞬間だ。その場から文字通り音がなくなった。

ルルアリアはパクパクと口を動かすだけ。他の人たちも突然音が聞こえなくなったことに困惑しているようだ。

この魔法はアルバスが上級魔族バラムとの戦いで使った消音《サイレンス》のさらに上の魔法。

消音が音属性の奥義《おうぎ》なら、この魔法はさらに深層の奥義とも言うべきだろうか。数秒間限定だが、王都から全ての音が消えているのだから。

音なき世界で、アルバスの魔法とザイールの魔法がぶつかり合う。

球体が弾け飛んだと思った瞬間、巨大な土壁は一瞬で破壊され、その余波で青空に十メートルほど、形、大きさがバラバラの無数の亀裂を走らせる。

（世界を……）

（破壊しおった……っ!!）

エレノアとエレインはそう思いつつ、視線を大闘技場へと向ける。

粉々になった岩の塊。元々炎を纏っていたそれは火山弾の如く大闘技場に降《ふ》り注《そそ》ぐ。観客席はエレインの魔法によってかき消されるが、アルバスとザイールがいるところには無数の隕石が降り注ぎ、二人を炎の海へと沈める。

『な、何が起きたか分からない!!　とにかくとんでもないことが起きたぞおおお!!　ふ、二人の姿が見えない！　炎の海の中に消えて二人が見えない!!』

「アルバス様……っ！　大兄様！」

「待つのじゃ。これは決闘、手出しは無用。それにこの程度でどうにかなる奴らじゃない」

実況の声を聞いて駆け出そうとしたルルアリアをエレノアが袖を掴んで止める。ブレイデンもガラテアも駆け出そうという気持ちを抑え込んでいるが、本音は今すぐにでも二人の無事を確かめたい、だ。

そして、そんな願いに応えて瓦礫《がれき》が吹き飛ぶ。

「……死ぬかと思ったぞ。無茶苦茶だな」

『おおっーーーと!!　ここで！　ここで！　ザイール王子が出てきた!!　アルバス・グレイフィールドはまだか⁉　まだ出てこないのか⁉』

「ファファファァッツ!!　信じてましたよザイール王子ぃぃぃ！　貴方は必ず勝利すると！」

この場にいる誰もが、ボロボロになりながらも立ち上がったザイールの勝利を確信した。

その刹那だ。

ザイールの反対側。そこに積もりに積もった瓦礫が弾け飛んで、何かが飛び出す。

「アルバス……グレイフィールド……っ！　君はどこまで！」

そう、口にした時だ。

太陽を背に空中に翻《ひるがえ》ったアルバスの姿。その姿がいつもと違うことに、一部の人は気がつく。

「アルバス様の髪が……」

「ソフィと同じ髪色……」

アルバスの髪色。白の髪色の少年は今、髪の一部を赤色に染めていた。宙に浮いている姿はどこか神々しく、彼の姿と彼女の姿が重なる。

『まだ……まだ終わらない!!　この祭りはまだ終わらない!!　そう告げるが如く、復活！　アルバス・グレイフィールドの復活！　復活だあああ!!』

実況と観客がアルバスの復活に沸く中、ザイールとアルバスはこれまで以上に静かだ。

ザイールはアルバスの姿を見て、こう思う。

(最強の血の覚醒《かくせい》。今の彼は最強の女騎士に届きうる!)

ザイールは話でしか彼女のことを知らない。けれどその規格外の能力。この最終局面で目覚めた世界最強の血。

ザイールは怯えるでもなければ届するわけでもなく、口元を獰猛《どうもう》に歪《ゆが》ませる。

対するアルバスはどこか伸び伸びとした感じだった。目を瞑《つぶ》り、大きく呼吸。まるで世界を感じているかのように。

(世界って……こんなにも……)

知らなかった。屋敷にこもっていたアルバスが今まで知ることがなかった感覚。

まるでそれは風の音を見るように、人々が熱狂する姿を嗅ぐように、肌がひりつくような太陽の熱さを聞くような全能感。

世界の全てがちっぽけで、けれど限りなく広くて、ただ、ただ、感じられる全てが心地よい。

だから、アルバスはそんな時だからこそ、無意識と意識の狭間《はざま》でこう口にするのだ。

「鼓動が聞こえる。母さんの鼓動が聞こえるんだ」

アルバスの視線がゆっくりとザイールを見据える。ザイールもまた見返して、その瞳に込められた言葉を読み取った。

――やろうよ。

まるで遊びに誘う子供のような無邪気さで、アルバスはザイールに伝える。ザイールはそんなアルバスを見て、ただ一言。

「潰す」

長きにわたる決闘。その最後の攻防が始まる。

先手を取ったのはザイール。無数の魔弾をアルバスに向けて放つ。

今まで空中で翻っていたアルバスは一呼吸とともに回避し、ザイールとの距離を詰める。

『土、風、火よ。混ざりて一つとなり敵を撃て射出壁』

「【爆音波】」

繰り出される二人の魔法。それをきっかけに始まる魔法戦。

火が、風が、土が、闇が、荒れ狂う中、それを音の一つだけで全て対処するアルバス。その激闘ぶりを見て、人々はこの時間が永遠に続けばいいのにと思った。

沸き立つ実況、一瞬先の攻防に胸を馳《は》せる観客、そしてその中心にいるアルバスとザイール。

「血は沸騰したか⁉　脳みそを掻《か》き出《だ》せ！　本能に全てを捧《ささ》げろ‼　ここが俺たちの全てだ‼」

「言われなくても‼」

もう、何もかもを忘れた二人。決闘に来る前、様々な感情や思惑を抱いて臨んだはずだというのに、今はもう相手のことしか見えていない。

その戦いぶりが人々を揺らす。ハズレ属性が、王子に喰らいつき超えようとしている。その光景を見て、ハズレ属性を持つ者たちは思った。それを言葉にしたのが……。

「わたしにも……できるだろうか？」

その思いを言葉にしたのはガラテア。ガラテアはこの戦いを見て、そっと呟く。

アルバスみたいにハズレ属性だからと目を背《そむ》けず、ハズレ属性に絶望することなく、ハズレ属性を鍛え続けたらいつの日か、彼みたいに戦えるんじゃないかと。

誰もが思い、誰もが彼の背中に心を突き動かされる。心臓の鼓動を早めていく。

――十数年にも及ぶ長い停滞を、刹那の激情が突き動かす！

けど、永遠に続くものは何もなく。やがて戦いの終わりがやってくる。

『魔弾解放：射出壁』

一手。数多、繰り広げられた攻防の一手だ。

いくつもの魔弾のうちの一つが小さな射出壁となり、アルバスの横腹を貫く。致命的な一撃。今から魔力で治そうにも、消耗し切ったアルバスでは、次の手がなくなってしまう。

「アルバス様!!」

何度目になるだろうか。ルルアリアの叫び。

その叫びが届いたのか、はたまた別の要因なのか。アルバスは横腹に穴を開けたまま駆け出していた。

魔力による治癒を捨てて駆け出すアルバス。その光景に誰もが目を奪われる。

「……っ!!　なぜだ⁉　何故、君はそうまでして走る⁉　何故、君は!!」

その光景を目にして、ザイールが悲痛な表情を浮かべて声を荒げる。闘志がなくなるどころか、ここ一番の大勝負で闘志を秘めた瞳。

ヤケクソでも自暴自棄でもなく、この致命傷に近い傷を負ってまで勝ちを狙う貪欲な精神。

ザイールの感情は大きく揺さぶられていた。

「……きまっているっ！」

口から血反吐《ちへど》を吐き出し、なおアルバスは強く真っ直ぐにザイールを見つめて、こう口にする。

「まだ……僕は……あの人にっ!!」

アルバスはその瞳の奥にルルアリアの幻影を見る。

世界がこんなにも心地良いって知れたのは、この熱狂と狂騒に当てられてこんなにも楽しいって思えたのは……全て、全て。

「まだ、僕は、あの人に何も善いと思えるものを返せていないからだ……ッッ!!」

絞り出すような言葉。

その言葉を聞いた時、ザイールは何かを気づかされたのか、はたまた強い意志に心を折られてしまったのか、魔銃をいつの間にか下ろしていた。

全てのきっかけは女神の日。あの日、アルバスが追放されたことで始まった物語。

けれど、ルルアリアと出会わなければアルバスはずっと人の心を知ろうとしなかった。アルバスは自分の世界の中で、自分の魔法だけと見つめ合っていただろう。

それがアルバスにとって一つの正解かもしれない。人と向き合うことなく、魔法の探究を続ける道。それを選んだことで、大いなる魔法使いになる道があったかもしれない。

けどそうはならなかった。ルルアリアとの出会いが、良くも悪くもアルバスを大きく変えるきっかけとなった。

それを誰よりもアルバス自身が感謝しているから……。

——それが君が辿り着く本当の魔法だよ。

背中から誰かの声が聞こえた気がした。懐《なつ》かしいけれど、覚えのない声。アルバスはその声に背中を押されて、前へ、前へ、前へと駆け出す。

そして、正真正銘最後。この決闘における最後の魔法を放つ。

「【同調《シンクロ》……】っ！」

左手に集まる三つの衝撃音。三つの衝撃音は完全に同調し、共鳴を繰り返して大きな波を生み出す。それをアルバスは拳と共に放つ。

「【過剰衝撃音《オーバーショックサウンド》：三重奏《トリオ》】!!!!」

その魔法を見て、ザイールが、ブレイデンが、ルルアリアが、同じ想《おも》いを抱く。

――そっちが僕に挑むんですよ。いや僕たちに。

決闘のはじめにアルバスが口にした言葉。アルバスは一人で戦っているわけではなかった。ちゃんと託された気持ちを背負って、最後の最後にそれを拳に乗せたのだ。

その拳はザイールの身体に突き刺さり、ザイールは後ろに勢いよく吹き飛ぶ。

アルバスはその勢いのまま体勢を崩して、地面に倒れる。最後の一撃の行く末、それを見届けるためにアルバスは顔を上げて……そして見た。

「……嘘でしょ」

アルバスの驚きに数秒遅れて、実況が人々に今起きていることを説明する。

『な、な、なんということだあああ!!　この人はどこまで堂々と我々に魅せてくれるのか!?　英雄は負ける時も地に伏すことはない!!　た……立ったまま気絶しているぞオオオオオ!!』

壁にめり込み、一歩、二歩と前に進んだザイールはその場で静止して動こうとはしなかった。

魔銃が杖《つえ》になっているのかもしれない。けれど、それ以上にザイールは地に伏して負けることを良しとしなかったのだろう。

地に伏しながらも最後まで意識を保ち続けたアルバス、対するザイールは立ったまま意識を手放した。

けど、今こうして目を開いて意識を保っている者が決闘の勝者。よって長きにわたる決闘。その終わりは。

『決闘の規約により！　アルバス・グレイフィールドの勝利ぃいいいいいいい!!　素晴らしい決闘を行なった二人にあらん限りの感謝と称賛を形にしてください!!』

実況がアルバスの勝利を告げる。アルバスは仰向けに体勢を変えて、会場の称賛を肌身で受け取っていた。

最高の盛り上がりを見せる会場。会場にいる多くの人々の笑顔や歓声を感じて、アルバスは全身の力を抜く。あと少しで、意識を手放そうとした時、ふと彼女たちの姿を見た。

「まさか本当に俺たちの分までぶん殴るとはな。大した男だ」

「……ハズレ属性も、悪くないな。うん、君のおかげで私も進めそうだよ」

ブレイデンとガラテアはそれぞれ称賛を口にする。一方、ルルアリアは胸にあらん限りの感情を詰めて、表情にいろんな想いを含めて、ただ真っ直ぐにアルバスを見つめてこう口にする。

「かっこよかったですよ……私の王子様」

その言葉が届いたのか。アルバスは安らかな表情でその意識を手放すのであった。

断章二『かくして黒幕は動き出す』

「……まさかここまでとはね」

決闘の結末を大闘技場から遠すぎず、近すぎずのところで見ていたトリスメギストスはそう呟《つぶや》く。

空にできた亀裂。世界を破壊するほどの魔法。これでアルバス・グレイフィールドを簡単に追放できなくなった。

あれほどの大魔法を使えて、まだまだ発展途上の少年。さらには決闘で人々の心を惹《ひ》きつけた。これで彼を安易に追放すれば、どんな結末が訪れるか分からない。

実際、自分の保身を第一に考える大臣、貴族たちはアルバスの追放に消極的になりつつある。

「これでアルバスの追放派少数、それに四大属性至上主義を見直すべきという意見も出ている。君の立場は一気に悪くなったわけだ」

「ううぅああアルバスぅぅぅぅ!!　こんなにも、こんなにも目障《めざわ》りなアアアア!!」

ファッティ大臣は激しく怒っていた。英雄祭で人々の前で見せたような余裕はカケラもなく、血走った瞳《ひとみ》で爪《つめ》を立てて顔を引《ひ》っ掻《か》く。

「ハハッ。君には同情するさ。全く、とことん邪魔だね彼は。決闘に勝とうが負けようが追放自体は簡単だった。けれど今はそうもいかない。彼はあまりにも強大な力を持ってしまった。国王が手放すわけないだろうね」

「そうなれば私の立場はどうなるのです⁉　私との契約は‼」

「当然なしさ。君と交わした契約はアルバス・グレイフィールドをルルアリア王女から引き剝《は》がす代わりに、君の望むものを与える、だからね。それを達成していない君には渡すものも渡せないよ」

トリスメギストスは笑みこそ浮かべているが、その瞳は怒りを滲《にじ》ませていた。

まさかここまでなるとは思わず、アルバスの才能、強いて言うならソフィアルージュとザカリーの血筋を軽視しすぎたのが原因。自分の詰めの甘さに怒りを覚えるしかなかったのだ。

「彼ら二人を引き離すのが当初の目的。私好みではないが、強硬手段といこう。協力してくれるね？」

「な、なんでもお申し付けくださいいいい‼　必ずや、このファッティが！　トリスメギストス様の目的のため動きましょう」

ファッティ大臣の言葉を聞いて、トリスメギストスは口元を歪《ゆが》ませる。

「ルルアリア王女を、英雄祭最終日前日に、廃教会に連れてきてくれ。ああ、当然生きたままでね。手段は問わない。君にはこれを渡しておこう」

トリスメギストスはファッティ大臣に渡す。それは手のひらサイズの小さな箱と指輪であった。箱の表面には目玉や牙《きば》、触手のようなものが埋め込まれており、不気味な様相だ。

指輪には紫色に光る血走った瞳が宝石のように埋め込まれている。

「私の魔物を召喚し使役する魔道具と、姿と声を好きなように変えられる魔道具だ。好きなように使いたまえ。君の働きには期待しているよ」

「か、必ずやこの使命果たして見せましょう!!」

ファッティ大臣はそう言うと軽《かろ》やかな足取りで消えていく。その背中を見て、トリスメギストトスは小さく笑う。そして……。

「扱いやすい駒というのはいいね。さて行こうかザカリー。我々には別の目的があるからね」

「ああ……。本当に会えるのか？　ソフィアに……？」

顔がげっそりと痩せこけたザカリーはそう口にする。そんなザカリーを見て、トリスメギストスは頭をかいたあと。

「ああ。必ず会えるよ。なにせ彼女は……」

トリスメギストスの言葉は闇《やみ》に消えていく。

英雄祭。最終局面が静かに動き出していた。

第四章『少年と黒幕は邂逅する』

「……ん、ん」

聞こえてきたのは水が何かに注《そそ》がれる音。数秒して、それは止まり、次は誰《だれ》かが水を飲む音が聞こえてきた。

そんな音に誘われて、僕はゆっくりと目を開く。全身は重く、頭はボーッとする。僕は何度目かになる天井《てんじょう》を見て、こう呟《つぶや》く。

「見たことある天井だ……これを言うのも二回目か」

「目が覚めたようだなアルバス・グレイフィールド。水でも飲むか？」

視線を横にずらすと、相変わらず背が高いザイールが椅子《いす》に座っていた。というかその椅子……。

「椅子の大きさ、小さくありませんか？」

「あいにくとこれしかなくてな」

「そうでしたか。あ、水はもらいます。よい……いっ⁉」

起きあがろうとすると腹部に激痛が走る。ちょうどザイールの射出壁で抉《えぐ》られた部分だ。そこを見てみると、包帯でぐるぐる巻きにされていた。

「流石《さすが》に抉るというのはやりすぎだったかな？」

「戦ってる間にそんな気遣いできないでしょう。僕だって思いっきりぶん殴りましたし」

「そうだったな。おかげで治療が大変だったと魔女から言われたよ」

まあ僕ら揃《そろ》ってボロボロになるまで戦ったんだ。治療する人はさぞ大変だっただろう。今回は前回のアイザック戦と違って、魔力を使い切ったわけじゃないから、腹の傷以外は治ってるけど……。

「俺《おれ》たち二人揃ってルルアリアに怒られてみるか？」

「勘弁してください。怒られるのは貴方《あなた》でしょう」

「そうだな……そうだったな。俺は後からこってり、あの二人に絞られるだろうな」

そんな風に言うザイールの表情はどこか気楽なものだった。重荷を下ろしたというのだろうか。少しだけ晴れやかな表情に見えた。

「君には話しておくべきだと思ってな。俺の選択と、あの決闘を経て変わったことをな」

「……はい。聞かせてください」

そうしてザイールは語る。

ザイールが大臣たちに脅されていたこと。

僕と家族を天秤《てんびん》にかけて、家族を選んだこと。

僕に希望を託していたこと。

決闘に至るまでの選択やそこにあった葛藤。その全《すべ》てをザイールは語ってくれた。

そして……。

「君を追放すべきという大臣たちの意見は今、割れている。君を王族で管理したいという派閥と変わらず追放すべきだという派閥。前者は俺たちの父……国王の判断というのもあって、かなり強めだがな」

「そんなに……ですか？　僕にはあまり実感が湧《わ》かなくて……」

「君の放った魔法。あれは世界を壊せる魔法だ。君が黒い宝石《ブラックダイヤモンド》か、魔王並みの力を持てば、国の一つは消し飛ぶだろう。俺が何を言いたいか……君なら分かるだろう？」

「…………はい」

滅音波《ヘヴィメタル》はどうやら規格外の魔法だったらしい。空にできて未《いま》だに直っていない亀裂がそれを証明している。

魔法の極致。その一端に世界を壊す魔法が存在している。人間どころか、様々な種族を合わせても使える者はほんのごくわずか。

僕はその極致に片足踏み込んでいる。それは同時に僕が危険人物であるという証拠。王国としては僕を手元に置いておきたいのだろう。

僕を王国から追放して、その報復としてこの魔法を使われたら……いや、そんなことは流石にしないだろうけど。

「それにハズレ属性の地位向上や四大属性だけではなくて、ハズレ属性もうまく運用できるという箔《はく》が欲しいのだろう。国王も大臣たちもな」

「あはは……。国の上に立つ人とは大変なんですね」

「それが政治の世界ということだ」

国王たちの考えていることは正直よく分からない。そういう事情があるんだというふわっとしたこと以外は。

「君には俺の選択は正しかったと思うか?」

「……ごめんなさい。どうやら僕はそういうのに疎《うと》くて、そういったところの判断はルルアリアを基準にしているんですよ。だから、後ろにいる彼女に聞くべきでは?」

「……なっ⁉」

ザイールがガタリと音を立て動揺した表情で振り向く。部屋の入り口。そこにルルアリアとブレイデン、ガラテアが立っていた。

「大兄様って割と隙だらけですよね。肩の荷が下りた……といえば気が抜けるかもしれませんが」

「まあでもあれだな。アルバスは割と早く気がついていたらしいから、真面目《まじめ》に色々考えていたんだろ」

呆《あき》れた様子で二人は中に入り、少し遅れてガラテアも部屋の中に入る。ザイールは一度咳払《せきばら》いをして、二人に聞く。

「い……」

「いつからと聞きたいのであれば、目覚めたようだなからですね私は」

「俺も大体同じだ」

「最初からじゃないか!!」

ちなみに僕は目を覚ましてから数秒後に気がついた。ザイールは強く机を叩《たた》いてそう口にする。

その様子に二人は同時に笑みを浮かべた。

「まあ大兄様にも事情があって、私たちのことを想《おも》って行動してくれたのはよく分かりました。ですがこれだけは言わせてください」

「俺たちを舐《な》めてるのか？　兄者。俺たちがそんなに弱いとでも？」

ザイールの決断に対して、二人はわずかに不満そうな、怒りの様相を呈していた。

「俺たちが大臣たちの言うこと一つで危機になるとでも思ってんのか？　自分に降りかかった危機くらい、自分で振り払うさ」

「そうですそうです。なんなら気に入らなければ王族なんて肩書捨てて、平民として自由気ままに生きますとも」

「そうか……そう、だよな」

二人の言葉を聞いて、ザイールはゆっくりと視線を地面に落とした。その後立ち上がり……。

「そうだな。二人の言う通りだ。俺一人で背負いすぎたな。最初から頼るべきだった」

「そういうことだ兄者。……あ、そうだ。兄者、ちょっと付き合え。ガラテアがアルバスと話したがってるからな」

とザイールはブレイデンに連れられて部屋の外に出ていく。

「あ、では私も部屋の外にいますね」

ルルアリアも空気を読んでか、部屋の外に出ていく。部屋にはガラテアと二人きり。ガラテアは頬《ほお》を赤く染めて、僕と視線を合わそうとはしなかった。

「その……決闘見ていたぞ。とても素晴らしいと思った」

「……ありがとうございます？　なんだか照れるねルルアリア以外に言われると」

ルルアリアが僕のことをベタ褒めしてくれるのはもう慣れっこなので今さら言われても照れたりしないが、ガラテアとかに言われると妙に顔が熱くなる。

ガラテアが僕と目を合わせてくれないせいだろうか。見てるこっちまで、少し言葉に詰まる。

「君を追いかけろ……って言われた理由がわかるよ。君の戦う姿は私には眩《まぶ》しすぎた。けど、それだけ君に憧《あこが》れた」

顔を上げたガラテアの目。その目に不純物は一切なく、ただ彼女の混ざりっけのない意思だけが宿っていた。

「君のおかげで私は自分のことが少しは好きになれそうだ。ありがとう……こんな私を変えてくれて」

数日前、初めて出会った時。僕や自分に怒りを向けていた彼女の面影はもう残っていない。憑《つ》き物《もの》が取れたような表情で、晴れやかな声でそう口にした。

「つ、伝えたいのはそれだけだ……！　で、ではまたな!!」

ガラテアはポッと顔を真っ赤《まか》に染めて早口でそう言うと部屋の外へと駆けて行く。数秒後、入れ替わりでルルアリアが入ってきた。

「………私がアルバス様のこと一番理解してるんですから」

ルルアリアはむくれた顔だ。な、なんでそんな顔してるんですか……？

「まあいいです。それにしてもまた無茶をして……私の心臓がもうもちませんよ」

「あはは……ごめんなさい。また心配かけて」

「ま、今回は大兄様が悪いのであんまりアルバス様をせめてもいけませんね」

なんてちょっと笑いながらルルアリアは口にする。流れる数秒の沈黙。僕はルルアリアが何を言うのかを静かに待っていた。

「それにしても……ふふっ、善いと思えるものを返せていないですか。私がアルバス様に声をいただいているんですよ？」

ルルアリアはそっと微笑《ほほえ》みながら口にする。ルルアリアは返される側じゃなくて、返す側なのかもしれない。けれど、僕にとってはそれ以上に大きなものをもらった気がするから。

「貴女《あなた》がいなければ僕はこんなにも変わることはなかったと思います。貴女と出会って、僕はいろんなことを知ることができた。……言葉以上に僕はそれに満足していたようです」

「そうですか。ではもっといろんなものを見せてあげないとですね。アルバス様と一緒に見たいものは沢山ありますから」

いつかの言葉を思い出す。恋は共有する心……ルルアリアの言葉に僕は緊張を緩めて少し笑う。

「ですね。今年の英雄祭は色々ありましたけど、来年、再来年は一緒に心ゆくまで楽しみたいな……って」

「ふふっ。きっと、楽しめる日が来ますよ。今年は少し我慢ですね」

決闘という山は越えた。けれどまだまだ気を緩めるわけにはいかない。不穏な動きをしている貴族とかがいる可能性は捨てきれないのだ。

けど、傷は完治していない。魔力を回せば腹の傷も数日以内には治りきるだろうけど、その間はあまり無茶もできなさそうだ……。

「これからルルアリアはどうするつもりなんだい？」

「アルバス様が自由に動けない以上、王城ですね。ここなら基本的に安全と思いますので」

確かに。王城の僕たちがいる階層まで来るのはいくつもの厳重な警備をかいくぐらないといけない。

　下手に動くよりかはここは安全だ。あと数日、何事もなく英雄祭が終わってくれるといいのだが……。

「お顔が固くなってますよアルバス様っ！　そんなに心配しなくても大丈夫です！　きっとなんとかなりますから」

「ふみふぁへん」

　ルルアリアに頬を両手でいじくり回されて、変な声が出てしまう。ルルアリアのおかげで少しは緊張がほぐれたのか、僕は肩の力を抜く。

「まま、あと数日、のんびりといきましょう。お話ししたいことも沢山ありますので」

「そうですね。そういえば……」


　数日が経《た》つのはあっという間で、気がつけば英雄祭最終日前日に差し掛かっていた。

「お腹《なか》の傷は……よし。全身の骨折とかも治った。身体は問題なく動きそうだね」

　ザイールとの決闘で負った傷は完治していた。前回と違い、応急処置が早かったのと魔力が残っていたのもあって、比較的早めの回復だ。

「よくよく考えたらお腹抉られて、数日で完治するアルバス様ってすごい頑丈ですよね」

「魔力量が多いですから。でも気のせいか、前よりも少し増えた？　気がするんですよね」

ルルアリアは僕の言葉に少し驚いたような表情を見せる。

「え……？　でも私の魔法効果的にそれはあり得ないと思うのですが」

「うん。でも増えた感覚は確かにするんだよ。使い方がうまくなっただけなのかな？」

僕の身体にかけられているルルアリアの逆行時間《リバースタイム》は対象の時間を巻き戻し、その地点で固定する魔法なのだ。

魔力の操作や魔法の会得《えとく》は技術だから僕の努力次第でいくらでも伸ばせる。しかし、魔力量や出力は僕の性能。ここが変化するのは魔法の効果と矛盾している。

僕の勘違いならいいけど、これが本当に成長しているのなら自分の身体を調べる必要がありそうだ。

「ともかく、傷が癒えたようで何よりです。まあ英雄祭ほとんど終わりですけど」

「最終日前ですもんね今日。でも盛り上がり方はすごい」

最終日前日とはいえ、その盛り上がりが衰えることはない。部屋の窓から見える王都は、まだまだ多くの人でごった返している。

「あ、私、大兄様に呼ばれてますので少し出ますね」

「ついていきましょうか？」

「いえいえ大丈夫です。アルバス様はほぼ完治しているとはいえ、万が一があってはなりませんからね。それに王城内ですし、ここでのんびりしていてください」

肉体の内部の治療は複雑で、割と高度な魔力操作が必要とされる。抉られた腹は外見は良くなっているように見えるが、内部の血管や筋肉を完全に復元できたかというとそうではない。八割くらいの回復度合いだから、ルルアリアはそこに気を遣ったのだろう。ルルアリアから他人の好意は受け取るべきだとよく言われるし、ここは大人しくしておこう。

まあでも念のため……。

「【音波信号《サウンドビーコン》】」

「……ん？　アルバス様、何か魔法を使いました？」

ルルアリアは自分の身体をキョロキョロと見ながら僕へそう聞いた。

「新しい魔法だよ。音波信号。決闘で呪《のろ》いの治癒をする際に体内への魔力の流し方を覚えてね。作ってみたんだ。効果は簡単、僕にしか分からない音波を一定間隔で放ち続けるっていうやつさ」

「……さらっとすごいこと言いませんでした？　魔法作ったんですか？」

「うん、数日やることなくて暇だったからね」

決闘で魔力を出力できない呪いをかけられた時、呪いに魔力を流し込むことで解呪《かいじゅ》した。これはその応用だ。これは付与魔法と違い、魔力を体内に流し込む。ルルアリアの魔力と気配が混ざるから、この魔法は他の人からは気づかれにくい。

「アルバス様のことに驚くのは……まあいいですねもう。ちなみに範囲とかあるんですか？」

「移動距離に応じて中継点となる魔力を放出するから……それ込みなら王都全域かな」

「うわぁ、すごく広い。ですがこれで安心ですね。ありがとうございますアルバス様！」

そう言ってルルアリアは駆け出していく。壁越しにも音波は伝わるし、ルルアリアがどこに向かっていくのかが分かる。

一人の行方《ゆくえ》しか追えないという欠点はあるけど、これはこれで便利だ。

さて、色々と勉強したいから魔法書でも読むとするか……。

「ん、アルバス・グレイフィールド。珍しいな一人か」

「ザイール王子……？　あれ？　ルルアリア王女様と会いませんでした？」

部屋の中に入ってきたザイールを見て僕はそう聞く。すごいすれ違いだ。まだルルアリアが出てちょっともしていないのに……。

「ルルアリアと？　いやすれ違っていないが……何か俺に用事でもあるのか？」

「え……ザイール王子が呼び出したんじゃないんですか？　ルルアリア王女様に用事があるって……」

「いやそんな記憶はないが……」

ということはルルアリアの記憶違い……？　いや彼女に限ってそんなことは……ッ⁉

「ルルアリア王女様の反応が遠ざかっている⁉」

ルルアリアの音波信号の反応が急な速さで遠ざかっていく。というか……クソ速い！　地面

を移動してるんじゃなくて飛んでるのか⁉

「なに……？　詳しく聞かせてくれアルバス・グレイフィールド」

「走りながら説明します。ついてきてください」

中継点の放出によって、王城のどの位置からルルアリアが外に出たのか分かる。

僕とザイールは部屋の外に出て、すぐにその位置へと向かう。その道すがら、ルルアリアに仕掛けた音波信号のことを話す。

「なるほど。聞いていたが、ここまで天才とはな！　だが王城のこの区画に外に出るようなところ……」

「いや、あります！　空中庭園‼」

音波信号の中継点。最初の一個が置かれたのは空中庭園だった。僕たちは空中庭園に到着し、それを目撃する。

荒れた花壇と強引《ごういん》にぶち抜かれた結界とガラス。そして空を飛ぶ大型の鳥型魔物と、その上に乗っている人の影を。

「ルルアリア王女様……っ！」

「待て！　魔物だっ！」

僕の目の前の空間が歪《ゆが》み、巨大なミミズ型の魔物が現れる。これは召喚系の魔法……⁉　もしかして以前王都を襲った魔物たちと同じように魔道具で召喚されたやつなのか⁉

「邪魔っ‼」

けど、全長数メートル近くある巨体とはいえ、そこまで強い気配を感じない。僕は拳《こぶし》に魔力を込めて、魔物の頭部を殴る。魔力によって強化された拳で、その巨体は跡形もなく消し飛んだ。

「凄《すさ》まじい魔力出力……！　だが……チッ。先手を取られた！」

「下にも沢山の魔物が……‼」

空中庭園から王都を見下ろす。どうやら突如現れた魔物で街中、パニックになっているみたいだ。魔物の数は少ないとはいえ、人が多すぎる！　人々のパニックがパニックを呼んでいるんだ！

「ルルアリアを追うにもこれでは……！」

「兄者！　アルバス！　こんなところにいたのか‼」

「報告します。突如魔物が出現……騎士団が……ッ⁉　爆発《ばくはつ》？」

駆けつけたブレイデンとガラテア。ガラテアが現状を報告しようとしたその瞬間だ。

王城を揺らすような大爆発が起こる。空中庭園の直下から黒い煙が立ち込めてきた……！

「次はなんだ⁉」

「分かりません‼　我々もすぐに下りて対処を」

『いんやその必要はない。お主《ぬし》らにはルルアリアを追ってもらうからの』

ブレイデンとガラテアが叫ぶような声を上げた時だ。ぶち抜かれたガラスに三本足のカラスが降り立つ。そこから聞こえるエレノアの声。エレノアの使い魔だ！

「……魔女か‼」

『はん、その呼び方はやめいと言ったじゃろ、やんちゃ王子。魔物騒ぎと、王城の爆発はワシと竜騎士がなんとかする。お主らはルルアリアを追え。こっちが片付き次第、そっちに向かうからのぅ』

「ルルアリア王女を追えと言われても場所が……」

「いや、僕が把握しています。王都外縁の廃墟群《はいきょ》。そこにルルアリア王女様は向かったようです」

廃墟群とはいかにもという場所だ。この魔物騒ぎに隠れるにはもってこいだろう。

『よし……よしっ！　でかしたアルバス！　ワシの勘が正しければそこに呪いの主がおるかもしれん‼　ルルアリアの保護優先！　ついでにできればこの騒動の黒幕もとっ捕まえてこい‼』

エレノアの号令を聞いて、僕らは駆け出す。……しかし妙な胸騒《むなさわ》ぎがする。エレノアの言う通り、呪いの主――ネームレスがいるかもしれないのとも一つ。

（近くにいるのか？）

僕は右腕を撫《な》でる。袖《そで》の下《した》にある火傷跡《やけど》。そこがわずかに痛み出していた。

廃墟群に近づくにつれて魔力が濃くなっていく。僕たちは特に妨害を受けることなく、廃墟群の奥にある廃教会に到着した。ここで音波信号の魔力は止まっている。

「ルルアリア王女様……っ!!」

廃教会の入り口。そこに座っている一人の男と、手足を縛られたルルアリア、そして近くに立つファッティ大臣がいた。

「やあ来たね。アルバス・グレイフィールドとそのご一行様。予想してたよりも随分と早い到着じゃないか」

「随分と余裕そうだが、こちらは楽しくおしゃべりという気分ではなくてね!!」

ザイールが魔銃を構えて、引き金を引く。それに合わせて僕も完全無詠唱で衝撃音を放つ。しかし、そのどちらも彼らの前に張られた魔力障壁に防がれてしまった。

「問答無用とは恐れ入ったよ。随分と余裕がないみたいだね大丈夫かい？」

「……アルバス様！　それに大兄様……！　みなさん！」

くつくつと笑う男に対して、僕は拳を強く握りしめる。何故《なぜ》だろうか。彼を見てから、すごく胸がモヤモヤとする。感じたことがない強い感情が芽生えている気分だ。

「せっかくの邂逅だ。少し話でもしようじゃないか。なあアルバス・グレイフィールド。例えば君の弟のこととかさ」

「……やはり貴方がネームレス！」

「ああそういえば君には名乗っていなかったね。初めましてアルバス・グレイフィールドとその他大勢の皆さん。私の名前は三重に偉大なる者《トリスメギストス》。ルルアリア王女に呪いをかけた張本人だ」

「アルバス様気をつけてください！　この人は何か仕掛けています!!」

名乗りを聞いて、僕たちが魔力をたぎらせるとほぼ同時。悪寒《おかん》が僕らを襲う。

目の前にいるトリスメギストスから……いや、ファッティ大臣から感じたことのないような魔力を感じる。

「ファッティ、君たちの出番だ。客をもてなすといい」

「おおおおおっっっ!!　ありがたき幸せ!!　絶頂の極み!!　いざ！　では!!」

ファッティ大臣が白い短剣を胸に突き刺す。自害ともとれる異様な光景に、僕は一瞬反応が遅れた。その一瞬を彼は見逃してくれない。

『白く、清く、あらゆる不浄を許さぬ神の代行者よ。依代《よりしろ》を元に神界より来たれ。人々に鉄槌《てっつい》と裁きを与えよ』

「アルバス、兄者、ガラテア！　構えろ！　何かやべえ!!」

「言われなくても……」

「分かってるよ!!」

ブレイデンの言葉よりもわずかに早く、僕とザイールは駆け出していた。詠唱をさせてしまった僕のミスだ。一瞬の隙……そのタイミングを見計らった詠唱。詠唱破壊を差し込む隙がなかった！

『神界の門よ開け。召喚《サモン》：神々の使徒《エンジェル》』

そして、魔法は発動してしまう。彼らの真上に現れた白い扉。大きさは十メートルくらいあるだろうか。巨大で荘厳《そうごん》な扉がゆっくりと開いて、この世界ではないどこかと繋《つな》がろうとしている。

いや、まだギリギリ届くかもしれない。

あれはファッティ大臣の胸に突き刺さった白い短剣を起点として発動する魔法……。詠唱と連動して魔力を強めた短剣がそれを証明している。

それを引き抜く……いや破壊すれば、現れた扉を開く前に消滅させられるかもしれない。あの扉さえ消してしまえば召喚できないだろう⁉

「【衝撃……】」

「遅いよ」

衝撃音を使おうとした瞬間だ。魔法発動のために意識を割いたその一瞬の間隙《かんげき》を突くように、トリスメギストスが一呼吸で距離を詰めてきた！

全身に纏《まと》った魔力による打撃。流石に魔力で受けざるを得ず、僕は魔法の発動を中断してしまう。

「動ける人ですか‼」

「まあね。そういう君もまあまあいい動きじゃないか」

数秒間の攻防。その間に繰り出された手数は二十手以上。僕とトリスメギストス、魔力量はトリスメギストスがやや上、出力はわずかに僕の方が上だ。

そして問題の肉弾戦。これについては完全に……。

「いいね、その格闘センス。流石は元騎士の息子といったところかな」

この人、めっちゃ強い！

フェイント、緩急のつけ方、防御からの組み立て、その全てがめちゃめちゃうまい！　正直、技能的なところだと僕よりも上……！　直感と反射で喰《く》らいつくのがやっと！　とてもじゃないけど魔法に意識なんか割けない。けど……！

「いいんですか？　僕にだけかまっていて。ザイール王子が届きますよ！」

「その通り……！　もらった」

ザイールの魔弾がファッティ大臣の胸へと数発、発射される。これで……！

「ああ、君には興味ないんだ。だって、君は必ず初手を間違えるから」

「……なっ⁉」

ザイールの魔弾が弾《はじ》かれた⁉　いや当たったのに傷一ついていない⁉

「ザイール王子。君の戦い方、魔銃に依存しすぎだよ。初動の速さで使っているんだろうけど、魔力を遮断する障壁でなら簡単に防げる。射出壁を使っていれば破壊できたのにね」

「……ッッ!!」

確かにザイールの戦い方は魔銃を核にしている。魔銃で隙を作り、ここぞというタイミングで高威力の魔法で攻撃……。

見抜かれていた。だから放置して、僕の足止めに向かったんだ！　僕の無詠唱なら破壊できる可能性があるから！

「そして始まった。見るといいさ、これが神々の尖兵《せんぺい》。使徒たちだ」

扉が開く。そこから高速飛行で現れる無数の小さな鎧《よろい》。大きさは一メートルくらいだろうか？　光の弓を携えて、背中には光り輝く翼、頭上には天使の輪がある。

そして不気味なのが鎧の隙間《すきま》から見える無数の瞳《ひとみ》。背筋に悪寒が走る。とても神聖な存在とは思えない。

「思ってたよりも数が少ないね。世界へのダメージが影響しているのかな？　まあいい。大使徒くらいなら呼び出せるだろう」

百を超えるであろう使徒を前にして少ないと呟くトリスメギストスに驚きながらも、僕は後ろに飛び退《の》く。

トリスメギストスも追撃するつもりはないのか、ルルアリアのそばに戻る。もう僕を足止めする必要はないということか。

「くそっ!!　こんなの数が多すぎる！」

「アルバス、ザイール王子！　ブレイデン王子！　まだ何か来ます!!」

扉から一際《ひときわ》大きな魔力を感じる。最後に現れた使徒は他の個体と違って一際巨大だった。五メートル近い巨大な鎧、その鎧と同サイズの大盾と大剣。

それはファッティ大臣を包み込んだ。何度か不気味に動いた後、鎧の胴体部分。そこにファッティ大臣の顔が大きく現れる。

「おお!!　おおおっっ!!　なんとっ！　なんと素晴らしい!!　これが……これが大使徒!!　神の……チカラダアアアア!!」

放出される大量の魔力。嘘《うそ》でしょ……大使徒の魔力量、少なく見積もっても僕の倍以上!?

「さて、使徒たちよ。私の邪魔をする奴《やつ》らを皆殺しにしてくれるかい？」

「と、トリスメギストス様のためならばいくらでもおおおお!!」

巨大化したファッティ大臣の顔が大きく歪みながらそういう。

それと同時に放たれる無数の光の弓矢。大量にいる使徒たちが攻撃してきた！

「【爆音波《バーストサウンド》】!!」

『土よ、我らを守れ！　土壁《サンドウォール》!!』

僕が爆音波で迎撃を、ザイールが巨大な土壁を作り弓矢を防ぐ。

ぼくたち四人は一旦《いったん》集合し、目の前にいる大使徒と使徒たちを見る。

「さて……いい感じにピンチだな」

「びびってんのか兄者？　だがこの状況は美味《おい》しくねえ」

「数では圧倒的に不利。それに、何としてでもルルアリア王女を奴から引き剝《は》がさないといけない……状況は絶望的ですね」

「……すみません。わがままを言ってもいいですか？」

　絶望的な状況だけど、まだ終わったわけじゃない。トリスメギストスは使徒たちで足止めして、ルルアリアに何かをするつもりなのだろう。

　けどそれはすぐにできるようなものではないはずだ。そうでなければ、わざわざ僕たちを足止めする理由がない。

　勝機があるとしたらそこ。そしてトリスメギストスに一手喰らわせて、ルルアリアを助け出す可能性があるのは……。

「僕がルルアリア王女様を助け出します。援護をお願いできますか？」

「わがままというから何を言い出すかと思えば……分かった。俺が大使徒を相手にする」

「じゃあ俺たちは使徒だな」

「援護は任せてくださいアルバス。……では」

　ガラテアの言葉で僕らはそれぞれ構えを取る。そしてその始まりを僕が合図する。

「いこうっ‼」

　僕たちは一斉に駆け出す。僕とザイールが大使徒の方へ。ブレイデンとガラテアが周囲の使徒の方へと。

「やはり大使徒に守らせていますね」

「どう考えてもあれが一番強いからな」

使徒は百体近くいるけど、それら全部よりも大使徒の方が強いだろう。全身から発している魔力がそれを物語っている。

「おおおおお愚かなりいいいいいい‼　ハズレ属性！　そして恥晒《さら》しの王子ぃ‼　二人まとめて粛清だあ‼」

大使徒が叫ぶと大使徒の背後に十を超える水の球体が現れて、僕ら目がけて飛んでくる。これは……魔法⁉　それも完全無詠唱！

「まさか同じ完全無詠唱の魔法使いがいるなんて驚きましたね」

それら全てを完全無詠唱の衝撃音で撃墜する。どうやら出力はこちらの方が上のようだ。ならば押し勝てる……！

「君の規格外っぷりには驚かされたが、相手も相手だな。完全無詠唱、厄介だな」

「多分、魔法知識とかをファッティ大臣から取り込んだのでしょう。属性分かります？」

「水だ。単一な分、高い適性があったようだが詳しくは知らん」

「ならあれは小手調べでしょう。使ってきますよ……大魔法に匹敵《ひってき》するものを」

大使徒が完全無詠唱で魔法を使えることはあまり気にしない。人間とかと構造が違うんだ。

魔法運用に特化した存在なのだろう。

問題は使ってくる魔法にどう対処するか。流石に完全無詠唱とはいえ、大魔法を使われたら迎撃は厳しい……。

「目障《めざわ》りですねえとても目障り!!　嫌いっ！　嫌い嫌い嫌いッッ!!　これならどうでしょうかあ⁉」

大使徒の胴体部分。ファッティ大臣の口が大きく開く。次の瞬間、僕とザイールは危険を本能で察知して、それぞれ別方向に跳ぶ。

一瞬遅れて、目にも止まらぬ速さで噴射された水が地面を抉り、後方にあった廃墟を消し飛ばす。

「水を超高圧にして発射する魔法!!」

「何という威力だ⁉　それに……ッ！」

次までの発射間隔が短い！　もう溜《た》め終わっている!!

連射される高圧水流を僕らはなんとか回避する。軌道さえ読めれば回避は簡単だけど、初速と威力がやばい。それにあんなの、連射され続けたら、地形が変わるでしょ！

あれを撃たせ続けたら不利になっていく一方。それはザイールも分かっているはず……。ここは！

「攻めあるのみ!!」

「応!!」

僕とザイールは同時に駆け出す。あの魔法の発動間隔は摑《つか》んだ。発動してから約二秒！　それがあの魔法の再充塡に必要な時間！

「【爆音波《バーストサウンド》】!!」

「無駄ですねえ……無駄無駄ぁ!!」

一瞬の隙を見計らって放った爆音波。しかしそれは大盾によって防がれてしまう。

やはりあの大盾……魔法に高い耐性がある。無傷だけど数秒は稼げた。数秒もあればザイールが詠唱を完成させているはず！

『射出壁《カタパルトウォール》！』

詠唱を終えていたザイールによる射出壁の発動。人を押し潰すほど巨大な土壁が高速発射される。

「小賢《こざか》しいわあああああ!!」

次の瞬間、僕とザイールは自分の目を疑う。大使徒が大剣に二つの属性を付与する。一つは水、もう一つは光……だろうか？

二つの属性が付与された大剣を振るうと、大剣から高圧の水の刃《やいば》が放出されて、土壁を跡形もなく消し飛ばす。

「二属性の付与!!　そんなのもあるのか!!」

「喜んでいる場合かアルバス・グレイフィールド!!　これはかなりまずいぞ!!」

付与魔法に感動して思わず興奮が冷めないまま叫んだけど、状況はかなりまずい。

完全無詠唱の魔法。生半可な魔法は無効化されてしまう防御性能。さらに高威力で攻撃範囲が広い大剣。

大使徒の強さを見誤っていた。大使徒の奥側でトリスメギストスの魔力が少しずつ大きくなっていくのが分かる。

「ザイール王子。三分もらえますか?」

「……分かった。問題はあそこまでどう行くかだ。気がついているか?　俺たちは進ませてもらっていない」

僕の言葉の意図は察してくれたけど、抱えている問題は大きい。

大使徒は僕らの足止めを完璧《かんぺき》にこなしている。おそらく、あの高圧水流で僕らの動きを制限、牽制《けんせい》しているのだろう。下手に近づけば、あの大剣が待っている。

正直、高圧水流よりもあの大剣のほうが厄介だ。多分効果は僕の衝撃音の付与と同じ。高圧水流と光属性の同時付与で威力を引き上げている。

「射出壁ですね。牽引ならいけるでしょうか」

「……ああそういうことか。タイミング次第だな……覚悟を決めろ」

一か八かの勝負だ。正直、賭《か》けに出なければあれは突破できない。もしくは何か外的な要因が後押ししてくれたら……いや、それを考えるのはよそう。

「くるぞ……！　アルバス・グレイフィールド!!」

「何やらコソコソと話していましたが、ぜえええええんぶ無駄なんですよぉ!!」

高圧水流が連射される。それを回避し、僕はザイールが魔法を使う隙を作る！

「【同調《シンクロ》】!!」

爆音波では威力が足りない。ならこれならどうだ！

「【過剰衝撃音《オーバーショックサウンド》：二重奏《デュオ》】!!」

爆音波みたいな持続する高威力ではなくて、瞬間火力に全振りしたこの魔法は……。

「いっっったいですねえ⁉　こ、この高貴なる身体になんてことをしてくれるんですかあ⁉」

大盾の一部と肩部《けんぶ》。そこを破壊することに成功する。やはり、あの大盾には受け切れる魔力に限度があるんだ。

ダメージを与えたといってもごく一部。それに砕けた部分から、黒いスライムのような物が飛び出したなと思いきや、砕けた鎧と大盾が修復された。

けど、これで数秒。ほんの数秒、高圧水流に隙ができたな！

『射出壁二連!!』

二つのサイズが異なる土壁が射出される。僕はその一つの後方部にしがみつく。土壁を押し出すための火と風の魔力を、全身に魔力を纏って防御。土壁に僕をトリスメギストスのところまで牽引してもらう！

「それは無駄と言ったでしょぉ⁉　分からない人たちですねえ‼」

大剣が振るわれる。大剣が切り裂いたのは、僕の前に射出された一個の土壁と、僕がしがみついている土壁の前半分。高圧水流と破壊の勢いで、残った土壁分がひっくり返る。ここからが勝負……‼

「【爆音波】‼」

僕がしがみついていた土壁に向かって爆音波を放ち、僕自身を射出する。

本当はこんなつもりじゃなかったんだけど、二段射出ならトリスメギストスに届く……！

「いかせませんよぉ⁉」

ただ、僕は空中に放り出された状態。高圧水流を回避するには軌道を変えるしかない！

『魔砲』

高圧水流を放とうとした大使徒。その瞬間、ザイールが言葉と共に引き金を引く。

『解放‼』

大使徒を呑《の》み込みかねないほどの魔力の奔流。大使徒は流石に防御しないといけないと思ったのか、大盾で受けるが、大盾の半分以上が消し飛び、大盾を持っていた片腕が消し飛ぶ！

「頼みますザイール王子！」

「君こそ任せた‼」

ザイール王子の助けを得て、僕はトリスメギストスのもとに辿《たど》り着く。トリスメギストスとその隣にいるルルアリアは空中にいる僕を見据える。

「アルバス様……っ！」

「ここまで来るとはね。やはり君は排除しないといけないようだ」

ルルアリアの声と、トリスメギストスの声。それぞれ聞いて、僕は確信する。トリスメギストスの声を聞くと、ルルアリアの声を聞くのと反対、何か黒い気持ちが胸からこみ上げてくるのだ。

「……貴方を」

僕がそう口にした後、トリスメギストスと僕の魔力はぶつかり合った。


「ガラテア！　大丈夫か⁉」

「……ぐぅ⁉」

大量の使徒を相手にしているブレイデンとガラテア。二人はあまりの数、それに使徒たちの強さに苦戦していた。

（一つ一つが弱くない……！　私の実力だと複数に攻撃されたら防戦に回るしか……！）

ガラテアは雷属性の魔法を使いつつ、対処に回っているが、中々使徒を捌《さば》ききれていない。

いくら彼女が雷属性の魔法が得意とはいえ、今までそれを嫌い鍛錬を避けてきた。

その結果、使える魔法に限りがあるのだ。付け焼き刃で倒せるほど使徒は弱くなく、また隙もない。ガラテアは今までの自分の行いにギリッと奥歯を強く噛《か》み締《し》める。

(私が……この中で一番、私が実力的に劣っている!!)

魔力解放など器用に魔法と二刀流の剣技を使いこなすブレイデン。魔銃に加えて高水準な魔法を使うザイール。無詠唱を武器とし、魔力量も出力も化け物じみているアルバス。

その中で、ガラテアだけがパッとする武器がなく、使徒に苦戦を強いられている。

「肩が固いぜ。ってまあ、そろそろガチでやばいがな」

「ブレイデン王子……。ここは私が」

「それはダメだ。今、お前が考えようとしたことは分かる。けど、お前の主《あるじ》として許可できない」

ガラテアの何かを決心したかのような言葉を切り捨てるブレイデン。

ガラテアは魔力を暴走させて自爆を試みようとしていた。不可能な話ではない。ただ、命の保証ができないのと、身体に大きなダメージは残ってしまうが。

それでもそうするのが効率的だとも思った。今のガラテアでは使徒たちに大打撃を与えることはできず、このままでは押し切られて二人とも負けてしまうのがオチだ。

(私は……私はどこまで無力なんだ!!)

今までの自分を恥じる。

思想に傾倒して、自分の才能に目を背《そむ》け、嫌な現実には蓋をし、逃げ続けた結果がこれ。

命を懸けなければ状況一つひっくり返すことすらできない。それが今のガラテア。

そんな心のブレが隙を生んだのか。光の剣を持った使徒に突撃されて、ガラテアは地面に倒されてしまう。

「ぐっ……うっ‼」

「ガラテア⁉　クソが‼」

ガラテアはなんとか倒れた状態で使徒と鍔迫《つばぜ》り合いをしているが、押し切られるのは時間の問題。

そんなガラテアを助けようとブレイデンが走り出すも、使徒たちがそれを足止めする。

絶体絶命の危機。使徒の剣がガラテアの頬に触れた刹那だ。

――紫炎が躍る。

『[redacted]よ、開け』

「……は？」

「……え？」

ガラテアとブレイデンはその詠唱に驚く。何故なら、発声、発音はちゃんとされているはず。

なのに、聞こえないのだ。

否《いな》、厳密に言うと理解が追いついていない。ガラテアとブレイデンでは、その詠唱を聞き取るためにまだ、属性への理解と解釈が足りていないのだ。

故に、その魔法は何もかもを焼き尽くす規格外の魔法。続く、男の声がその魔法名を唱える。

『[redacted]舞』

紫炎が舞い、降《ふ》り注ぐ。見たことがあるものならある魔法を重ねるはずだ。

竜騎士エレインの蒼《あお》い火球による絨毯《じゅうたん》爆撃。それと同じものが使徒たちに降り注ぐ。紫炎は使徒たちを焼いて、腐敗させて、グズグズに崩していく。

使徒の約七割を焼く炎が降り注いだ後、一人の人影が廃墟群を跳んでいく。ローブを纏った少年。フードからわずかに見えたその顔は少し、アルバスに似ていた。

「不愉快ですねえ、とても不愉快です！　なので！　君だけでもぐちゃぐちゃにしてあげますよぉ!!　ザイール王子!!」

時を少し遡る。

アルバスをトリスメギストスに送り届けたザイールは大使徒と一対一で戦っていた。状況は劣勢。アルバスと二人ならなんとか保っていた均衡も、ザイール一人になった途端崩れてしまう。

「そら！　そら！　そらぁ!!　遅い！　弱い！　醜い!!」

「好き勝手言ってくれるな‼」

高圧水流の連打を避けて、魔弾で反撃するも大使徒には無意味。大盾に全て防がれてしまう。

それに高圧水流が少しずつザイールを捉《とら》え始めた。最初は頬をかすめ、次は右肩を小さく突き破り、大腿《だいたい》部、腹部、腕部と、高圧水流がザイールの身体を貫く。

「ぐぅ……⁉」

「ふははははは‼　崩れてきましたねぇ‼　均衡ぅ‼」

「魔弾解放……火炎放射《フレイムバーナー》！」

苦し紛れに火炎放射の魔法を使うが、大使徒が一振り大剣を振るえばいとも簡単にかき消されてしまう。

「そらそらそらぁ‼　後二分半‼　本当に足止めできるんですかぁ⁉」

「………なっ⁉」

その言葉を聞いて、意外にも早く。一番早く、心が折れたのはザイールであった。

体感では一分以上。一分半は経過していてもおかしくないはずだった。なのに、実際経過した時間は三十秒。そのあまりにも非情な現実が、ザイールの心を折るには充分すぎた。

引き金にかけていた指の力が弱まる。その刹那だ。降り注ぐ紫炎。それは使徒だけではなく、大使徒をも焼いた。

「な、なんですかぁ⁉　これは⁉⁉　ひぃいいいい‼　痛い！　痛い！　痛い！　苦しい……

辛《つら》い……吐き気がするゾォ!?　なんだ!!　なんだこの魔法は!!」

「この魔力は……！」

学園都市国家で多くの属性を見てきたザイールは知っている。この炎は純粋な火属性の炎ではない。

強い呪いが込められているのだ。ただ、ただ、純粋に相手を苦しめて痛めつけるという原初の呪い。相手を束縛しない、シンプルな呪いだからこそ、聖なる存在である使徒たちを侵していく！

「借りの一割くらいは返したぜ兄貴」

ザイールがその声を聞いた時だ。廃墟から王城に目がけて跳んでいく人影を見る。

「……まさか君は!!」

一瞬だけ見えた人影の顔。それを見て、ザイールはその人物が誰なのか確信し、大使徒の背後で戦っているアルバスたちへと視線を向けた。

「【付与《エンチャント》：衝撃音《ショックサウンド》＋付与《エンチャント》：超音波《ウルトラサウンド》】」

先程大使徒が使った二重の属性付与。それを見て、僕にもできると確信があった。

衝撃音と超音波の二重付与。二重に付与されたこれらは互いに共鳴することで、さらなる威力を生み出している！

「まさか一目見ただけで二重の付与を学習するとは。神童は伊達《だて》じゃないね」

「随分と余裕ですね。悪いですけど、今の僕は……！」

足の付与している衝撃音を解放。超高速でトリスメギストスの背後に回り込む。

「さっきの三倍は強いですよっ！」

「……ずっ⁉」

トリスメギストスの大量の魔力を突き破って、僕の格闘と共に炸裂《さくれつ》する二つの魔法。

次々と繰り出される僕の攻撃に、トリスメギストスは捌きに徹することでそれを防いでいた。

「全く不愉快だ。少し前まで脅威でもなんでもない君が、こうも私の邪魔をする。君がルルアリア王女を助けるなんてことしなければ全部うまくいってたはずなのにね」

「呪うのであれば自分の詰めの甘さを呪ってください。それにガラ空きですよ身体」

トリスメギストスが捌くよりも早く、数発の打撃をトリスメギストスの半身へと喰らわせる。

超音波で強化された拳は、筋肉や血管、骨までをズタズタに斬り裂く。

「……まさかこんなところで君に魔法を見せることになるとはね！」

トリスメギストスが懐《ふところ》から小さな箱を取り出す。それはひとりでに割れて、中から五体のムカデ型の魔物が現れた。

けど大した魔物じゃない。トリスメギストスの魔力で強化されてるけど、今の僕ならそれぞれ一撃で破壊できる！

「一瞬稼げればいいんだよ。さて、リベンジといこうか」

肉体を治癒させたトリスメギストスは不敵に笑いながら、僕に接敵する。

『呪いよ、苦痛の棘《とげ》を吐き出せ。魔女の嘆き』

魔法！　詠唱から察するに呪いを主にした属性か！

トリスメギストスの背後から現れる無数の黒い棘。それを拳で弾《はじ》こうとして、反射的に僕は回避する。危なかった……あれに触れてたら。

「いい勘だね。今、君の前で魔法を使いたくないんだ。手札が少ないからね。だからこれで押し切らせてもらうよ」

棘が襲いかかってくる。速い上に多い。少し厄介だ。

あれに触れてはいけないと思ったのは、あれが呪いの魔法だから。おそらく、あれに触れることで効果を発揮するのだろう。逆に触れなければ効果が発揮されることはない。

そして多分、あれは触れることをトリガーにしているから、身体に纏っている魔力を貫通してくるはずだ。だから対処するなら。

「【同調《シンクロ》！　過剰衝撃音《オーバーショックサウンド》：二重奏《デュオ》】!!」

棘が弾け飛び、その余波でトリスメギストスも攻撃する。二重の衝撃音。トリスメギストスは魔力で受けようとするが、魔力を貫通してトリスメギストスの両腕に大きなダメージを与える。

「～～～っ!!　厄介な！」

「今なら!!」

傷が深く大きくなるほど、魔力による治癒には集中力と魔力を使用する。両腕がズタズタになった今、一瞬とはいえ魔法も使いにくいだろう！

「ぐ……がっ⁉」

「まだ……まだ！」

魔力量が尽きるまで攻撃をやめない！　せめて重傷、可能なら致命傷クラスのダメージを与えて捕まえる！

「アルバス様後ろ!!」

「っ⁉」

背後から高速飛来してきた使徒の攻撃をかわして、翻《ひるがえ》る身体のまま蹴《け》りを喰らわせて破壊する。ルルアリアの声がなければ危なかった……！

「一瞬、意識が遠のいたね」

トリスメギストスがまた笑うと、僕に拳による打撃を喰らわせる。クソ重いし、クソ速い！

付与か魔力で受け切らないと腕が引きちぎれるぞこれ！

「さて仕切り直しだ。……と、その前にルルアリア王女を……」

トリスメギストスがそう言いかけた瞬間だ。右腕が疼《うず》く。次の瞬間、紫炎が絨毯爆撃のように降り注ぎ、使徒や大使徒、そして僕らの周りにも着弾する。

威力とか見たことのない色の炎とか、色々驚くところがあるけど、その魔力につい口元が緩んでしまう。

「アイザック……っ！」

姿は見えないし、声も聞こえない。気配は遠く王城へと向かっていった。けど、ここに残された強大で濃い魔力が、確かに彼がいたことを告げている。

「次から次へと！　グレイフィールドというのは‼」

流石にこれは予想外だったのだろう。トリスメギストスが大きく動揺している。僕だって予想外だ。でもこれで……！

「【円環する影蛇《ウロボロス》】‼」

僕は駆け出すと同時にその名を口にする。ルルアリアの影から巨体の蛇が現れ、ルルアリアを空中に投げ出す。

「ちょっ⁉　ええ！⁉　どどどうするつもりなんですか⁉」

「ギルドマスターの召喚獣か。けど、長くは顕現できないだろう？　返してもらうよ」

トリスメギストスが左手を空中にいるルルアリアに向けてかざす。その一瞬の隙。精神的にも魔力操作的にもルルアリアに意識が向いて、自分の内側に意識が向かないその瞬間を待っていた。

さっきルルアリアに使った音波信号で他人の内部に魔力を流し込むやり方は覚えた。二重の付与とさっきの肉弾戦。

超音波は相手の外側を壊す付与。ならばその内側に仕込んだ衝撃音はどこを壊すためなのか。左腕、左胸、首筋、左顔の半分。そこに衝撃音は流し込んだ。後はそれを……。

「【衝撃音《ショックサウンド》】!!」

「読んでいたさ。魔法に魔力を使うため、防御が緩くなる瞬間を見計らっていたんだろう? 衝撃音くらいなら魔力で受け切れるさ」

「……それはどうかな?」

「……何っ⁉」

一瞬の驚愕《きょうがく》と動揺。今放った衝撃音は攻撃用ではない。それは体内に流し込んだ衝撃音を起爆させるためのものだ!

体内で炸裂する衝撃音。トリスメギストスの左半身が内側から破壊され、大きく吹き飛ぶ。

体内に流し込んだ衝撃音を、外部からの入力で起動。この魔法は防ぐことができない必殺の魔法!

円環する影蛇はトリスメギストスが大ダメージを負ったのを見ると、ルルアリアの服の端をくわえて、僕に向かってルルアリアを投げよこす。僕は彼女をお姫様抱っこする形で受け止める。

「遅れましたルルアリア王女様。ご無事ですか？」

「あわ……あわわわわわ、アルバス様がこんな近くに……!!　ちょっと心臓がドキドキするくらいでそれ以外は大丈夫ですよ」

「……もしかして何かされた可能性があるかもしれません。警戒を」

「い、いやそうじゃなくて……ああもう!!　ですが……思いっきり吹き飛びましたよ。流石にあれは生きていないんじゃ……」

表情と声をコロコロと変えた後、ルルアリアは警戒心を含んだような声でそう口にする。僕とルルアリアの視線の先、土煙が立ち込める場所。

……いや、僕はルルアリアのようには思えない。手応えでは死んでいてもおかしくない一撃。しかし勘が言っている。彼はまだ……。

「いやはや死ぬかと思ったよ。やるね、アルバス・グレイフィールド」

「ひっ……！」

ルルアリアが短い悲鳴をあげたのも無理はない。

土煙から出てきたトリスメギストスはとても生者の姿をしていなかった。左半身は下半身を除けばほとんど肉体が残っていない。砕けた骨と所々に張り付いた一部の筋肉と血管。ほとんどアンデッドのような見た目だ。

「普通は死んでるんですけどねそれで」

「はは、君の言う通りだね。だがしかし……うん。君を本気で見誤っていた。やはり、この肉体では君に勝てなさそうだ。だから、とりあえずここは彼に任せることにするよ」

ニヤリとトリスメギストスが口元を歪ませた瞬間だ。使徒たちが大使徒のもとへと集まっていく。

「おのれえええ!! 許さん! 許さん許さん許さん!! 沈没だあ! 全てを沈没させてやる!! この王都全てを!!」

大使徒のファッティ大臣が叫ぶと、鎧の隙間から無数の触手が生えてきて、使徒たちを捉える。鎧の各所に大きな口が現れたかと思えば、使徒たちを茶菓子のように嚙み砕《くだ》いて呑み込む。わずかであったが使徒を取り込んだ大使徒は、さらにその身体を大きく、背中から羽だけではなく、大きな二つの黒い触手を生やして、より人外の形に変貌しつつある。

「じゃあねアルバス・グレイフィールド、ルルアリア王女。次は君たちの属性をいただくことにしよう。もっとも……ここで生き残れたらの話だがね」

「フルルルルオオオオオ!! 絶ッッッッ頂ッッッッ!! これこそが至高! 天にも昇る心地!! これがお前たちを裁く! 神の力だあああ!!」

全方位。無差別に放たれる高圧水流。僕はそれをかいくぐり、崩れた廃墟に隠れる。僕の意図を読み取ってか、ザイールたちも僕のところに駆け寄ってきた。

「アルバス・グレイフィールド。勝てると思うか?」

「正直、トリスメギストトス以上に勝ち目が見えません。単純な性能なら、ここにいる全員を足してもあれには届かない」

魔力量、出力。おそらく、トリスメギストスを含めた僕らの総量を上回るだろう。

トリスメギストトスはさっきの攻撃に紛れて撤退したみたいだ。近くに魔力を感じないから、妨害とかされることはないけど、それでも状況は絶望的。

「だがあんなのを街に向かわせてみろ。被害者の数はやばいことになるぞ」

「ここで私たちだけで食い止めるしかないということか……」

ブレイデンとガラテアの声は重い。それもそのはずだ。戦いで疲弊した状態であれを相手にするのは相当厳しい。絶体絶命とも言えるだろう。

「あのぅ……一つだけ提案があります。私の策に賭けてみるつもりはありませんか？」

ルルアリアがそっと手を上げてそう言う。僕らはルルアリアの提案を静かに聞く。そして……。

「なるほど。可能性があるとしたらそれしかないな」

「だけど、少なくとも僕は動けません。それに、魔法発動までの時間はなんとしてでも足止めしてもらわないと」

「なんとかなる……っていう楽観的な言葉を口にするわけじゃないが、まあやれるだろ。つーかもうそれに賭ける以外道はねえ」

「じゃあ決まりだな。アルバス、ルルアリア王女。貴方たち二人に賭けます」

ルルアリアの案しかないと思った三人が、僕らの前に立つ。僕とルルアリアは互いに目を合わせる。

「じゃあお願いします。ルルアリア王女様も」

「ええ、任せてください！」

こうして僕らは再び大使徒との戦いに挑むのであった。

断章三『間違えた親と子と』

「ソフィア⁉　どこだソフィア⁉　応《こた》えてくれええ‼」

一方その頃《ころ》王城では、ザカリーが剣を振るい暴《あば》れていた。ザカリーが一振り剣を振るうと炎が巻き上がり、あたり一面を燃やしていく。

そんなザカリーの前にエレノアは複雑な表情で現れる。

「ザカリー……のぅ。お主《ぬし》はこんなところで何をやっとんのじゃ」

「え、エレノアか⁉　なあ教えてくれ。ソフィアが……ソフィアがいないんだ！　どこに行ったかお前なら知っているだろう⁉」

血走った瞳《ひとみ》で正気を失ったかのような不気味な笑みを浮かべてザカリーはそう口にする。

トリスメギストスは立ち去る時、大使徒だけではなく、ザカリーに仕掛けた魔法も発動させた。

狂気と共に強まっていく魔力。そして高まる身体能力。アルバスやアイザックの父というだけあるだろう。その魔力量も出力も一級品だ。並の騎士や冒険者では太刀打ちできないだろう。

「お主も分かっておるじゃろう？　あやつはもういない。あやつはわしらを……」

「黙れ！　黙れ黙れ黙れ！　そんなこと信じられるか！　ソフィアが何も言わず私たちの前から姿を消すはずがない‼　これは幻なんだ！　きっと悪い夢なんだ……ッッ‼」

「……わしもそう思いたいな。いや、そうであってほしいとずっと願い続けておる。ソフィが消えた日からずっと」

悲しげな表情。エレノアは自分の周りに滞空させていた魔法書を開く。ザカリーは加減して戦えるような相手ではない。性能こそ、アルバスたちよりも一歩劣るが、経験値やずば抜けた戦闘センスは健在。

おそらく、今彼を止められるとしたら黒い宝石《ブラックダイヤモンド》並の実力者だけだ。

「邪魔をするなエレノア。たとえ、隊長だったお前が相手でも、私は斬って進むぞ……。ソフィアに伝えなければならんことがあるのだ……っ‼」

「ああ。お主に斬られた胸の傷が今になって痛み出したわ。じゃがのぅ、わしとて冒険者ギルドのギルドマスター。守るべきもんがあるんじゃ。幻想を見ているお主をこれ以上進ませるわけにはいかん」

そういうエレノアであったが、頬《ほお》には冷たい汗が流れていた。

エレノアの戦闘経験は王国でも随一。二十年前の戦争にて最前線で戦ってきた歴戦の猛者《もさ》だ。その彼女が、精神及び肉体的に衰えたザカリーに気圧《けお》された理由。それはひとえに、剣を構えた瞬間に顕在化した殺傷能力の高さにあるだろう。

一瞬にも満たない時間でエレノアは理解する。呪《のろ》いで能力を引き出されているとはいえ、今のザカリーは二十年前の戦争において、ソフィアに並ぶ殺傷記録《キルスコア》を誇った全盛期と同じだと。

(やばいのぅ……ちと部が悪いどころじゃない。ここだと人が多すぎて、わしが圧倒的に不利……!!)

エレノアは構えつつ、ザカリーの様子を伺う。それは一瞬だった。警戒していたはずなのに、魔力や意識を張り巡らせていたはずなのに。

ほんのわずかな意識の隙。それを、突かれてエレノアはザカリーの接近を許してしまう。五十メートル以上ある距離を一瞬で詰める技術。アルバス以上の身体能力と戦闘センスである！

「……おいおい親父《おやじ》。少し見ない間に変わったな。そんだけ強いって知ったら、兄貴は目を輝かせるぞ」

二人の間に割り込む影。ザカリーの長剣を防ぐ大太刀。エレノアはその姿を見て彼の名前を口にする。

「アイザック・グレイフィールドか!!」

「ギルドマスター。今のうちに兄貴たちのところへ。おそらく、あそこが一番の土壇場《どたんば》だ」

かつての荒々しく、調子に乗っていた小僧の面影はどこにもなく、ただ冷静に淡々とした口調でアイザックはエレノアにそう告げた。

アイザックとザカリーが数秒の鍔《つば》迫《ぜ》り合いの後、互いに後ろに飛び退《の》く。ザカリーに気圧されることなく、アイザックはザカリーを見据える。

「随分と変わったのぅ。男子三日合わされればというやつか?」

「いろんな奴《やつ》らにしごきにしごかれたからな。ここは俺《おれ》が。ここにいるのもそう長くはもたない」

「……分かった。ザカリーを頼む。奴は今、過去に囚《とら》われておる。アルバスの母親に」

エレノアはそう口にして、廃墟《はいきょ》群へと向かっていく。アイザックは大太刀を構えながら口にする。

「……兄貴の母か。確かにあんな辺境まで伝わっていたくらいだ。相当強かったんだろうな」

アイザックはこの一ヶ月間のことを思い出して、ボソリとそう口にした。グレイフィールド。それは自分たちが思っている以上に重要な名前だと、アイザックは体感したから。

「ま、過去に囚われている親父に負けるつもりはねえよ。修行の成果見せてやるよ……！」

「アイザック……どけ!!　お前はソフィアではない!!　お前の血は……そうではないのだ!!」

「言ってろ親父！　後な……一発ぶん殴らせろ!!」

アイザックとザカリーが激突する。王城での戦いが、アルバスたちの戦いの裏で始まったのだ。

第五章『時空変遷』

『告げる。時と空間、可能性を司《つかさど》る万物の翁へ告げる』

大使徒との戦いはルルアリアの詠唱から再開する。

ルルアリアが立てた作戦はこうだ。ルルアリアがアルバスに魔法をかける。

逆行時間の逆。一か八かの可能性を信じて、アルバスを未来の姿に成長させる。それがルルアリアの作戦。

『我が右手に秩序を。我が左手に混沌《こんとん》を。天秤《てんびん》の均衡は正しく、全《すべ》ては星の運航と共に巡りゆく』

「おやおやおやおや!!　臭う！　臭いますねえ！　ハズレ属性の腐った臭いが!!」

大使徒はルルアリアの魔力に気がついたのか、ルルアリアがいる方向に向けて高圧水流を吐き出す。それを。

『魔弾解放：土壁《サンドウォール》』

『土よ、柔らかく硬さを捨て、粘り包み込み弾力する壁を生み出せ！　粘土壁《クレイウォール》!!』

それをザイールとブレイデン、二人の魔法が防ぐ。ザイールの土壁を覆《おお》うように現れた粘土の壁。硬さで言えば土壁に及ばないが、代わりに弾力があり変形する。

高圧水流も二重の魔法であれば止められる。

「小賢《こざか》しいわ!!　小童《こわっぱ》ア!!」

『雷よ、敵の頭上に降《ふ》り注《そそ》げ！　雷鳴!!』

　一本の雷が大使徒の頭上に降り注ぐ。ガラテアの雷属性の魔法によって、高圧水流を吐き出す口は少しの間ショートする。

『願いを告げる言葉。命を運ぶ聖なる列車。ただ時を待つ無貌の月。世界よ回れ、変転せよ。星界を征《ゆ》く羅針盤よ、我らの道を指し示せ』

　ルルアリアの魔力が昂《たかぶ》っていく。ルルアリアは動くことをせず。祈るような動作でただ、魔法発動のために集中していた。

　アルバスもまた、ルルアリアとみんなを信じて微動だにすることなくただ、ルルアリアの魔法が完成するのを待ち続ける。

「いけませんねえいけませんいけません！　汚い汚い汚い!!　ハズレ属性が王族ぅ⁉　あってはならないぃぃ!!」

「それ決めるのはお前たちではない！　ファッティ大臣。貴方は貴方の傲慢と向き合う時が来ただけだ!!」

「黙りなさいザイール王子!!　ならば全部消し飛ばせばいいでしょう！　王……都……沈ッ没ッ!!」

大使徒がそう口にした時だ。大使徒の背後から大量の水が現れる。全てを押し流すような激流だ。

「クソが！　間に合え!!」『土よ、柔らかくなれ。軟体化!!』

ブレイデンがそう口にし、地面に剣を突き刺しながら魔法を発動する。すると、ブレイデンを中心とした地面が急に柔らかくなった。

変形する地面は激流を受けても沈み込んで、水の流れを抑え込む。無論、その影響を受けるのは水だけではなく、ザイールもガラテアも軟化した地面に足を取られてバランスを失っていた。

「耐えろ耐えろ耐えろ!!　もう少し！　もう少し止めろ！」

ブレイデンの魔法は水の重みで変形するほど地面を柔らかくしている。ある一定のところまでは水は沈み込んでいくが、柔らかくした範囲と深さには限りがある。その許容量を超えた分の水は止まることなく、元の勢いのままブレイデンたちを押し流してしまうだろう。

ブレイデンはさらに魔力を込めて魔法の出力を引き上げるが、元々才能が魔力解放に偏っている分、ブレイデンの魔法能力はザイールやアルバスに二歩劣る。魔法効果の頭打ちが見えそうになった時だ。

「私の魔力も使ってください！　ブレイデン王子!!」

「俺《おれ》のもだ!!」

ザイールとガラテアがブレイデンに手を重ねる。効果が持続するタイプの魔法は、他人の魔力を借りて、一時的に効果を引き上げることができるのだ。

三人の魔力を合わせることで軟体化の効果範囲は拡大。さらに多くの水を取り込んでいく。

そして大使徒が放った激流を全て軟化した地面で受け切り、周囲に深い水溜《たま》りができた瞬間だ。

三人の背後の廃墟から放たれる魔力がさらに大きくなった。

『全ては正しく、全ては清く、全ては止まることなく、そして全ての世界法則は今崩れ去る』

解き放たれるルルアリアの魔法。ルルアリアの魔力の全てを使い果たすような大魔法の行使に誰《だれ》もが目を奪われた。そして、ルルアリアはその魔法名を唱える。

『時空変遷‼』

そして魔法が発動する。ルルアリアの魔力が空高く上がり、空に無数の魔法陣を描く。それは歯車のように規則正しく動き、そして、ガラガラとひとりでに崩れる。

そして次の瞬間。空に溜まっていた大量の魔力が、一直線にアルバスへと降り注ぐ。

彼の変化を近くにいた彼女だけが見ていた。急激に成長していくアルバスの身体。数日、数ヶ月、数年……あり得ない速度でアルバスはどんどん成長していく。

そして、光の放出と共に彼は現れた。

「な、なんですかあ？　そ、そそそ、その姿はあ？」

大使徒が口にした言葉。それと同じ感想をザイールたちも抱いた。

「アル……バス様？」

彼にお姫様抱っこされたルルアリアは彼の顔を見ながらそう口にする。彼はニコリと笑う。

「お久しぶりですルル。まさかまた会えるなんて思ってもいなかった」

そう言って皆の前に現れたアルバスは、一言で言ってしまえば人外の肉体をしていた。

胸に大きく空いた穴。そこから血液のように真紅の魔力が幾重もの線となって放出されている。

髪はほとんどが真紅に染まり、アルバスの元々の髪色である白の髪は一部しか残っていない。瞳《ひとみ》も青から黄金へ。獣のように縦に割れていた。

身体が全体的に細くなったものの身長は普段のアルバスよりも伸びてスラリとした姿。

人間の形をしているというのに、胸に空いた大きな穴が、彼が人外であると告げている。

「それに皆さんも。本当に……本当に懐《なつ》かしい。また会えるなんて」

成長したアルバスは涙が枯れきった、けれど今にも泣きそうな笑顔でそう口にした。

アルバスはそっとルルアリアを近くに下ろす。

「アルバス様……」

「そう言ってくれる君と会うのはいつぶりだろうか。私にはすぎた幸福だよ」

アルバスは優しくルルアリアの頬《ほお》を撫《な》でる。懐かしむように、愛《いと》おしいように。そっと、

絹を触るような優しい手つきで。

「なんだ……お前！　なんなんだお前ぇ!!」

アルバスの存在に、大使徒は大きく困惑したのかアルバスに向けて高圧水流を吐き出す。

アルバスはそれを一瞥《いちべつ》することなく、手をかざして霧散させた。

「なるほど。私が呼び出された理由はこれか。確かに、英雄祭を乗り越えた私には手に余る相手だねこれは」

アルバスはゆっくりと歩き出しながら、大使徒を見る。その視線に大使徒はとてつもない威圧感を覚えた。この男は何かがやばいと全身が警鐘を鳴らしている。

「アルバス様……お願いです。どうか、あれを……ファッティ大臣を助け出してください。あの人は正しい手順で裁かれるべき人です」

「ふふっ。君はそういう人だったねルル。いいよ。久しぶりに君に言いたいことがあるし、受けてあげる」

アルバスは優しく微笑む。その微笑《ほほえ》みはまるで聖女のような、どこか女性らしさというものが宿っていた。そして……。

「行ってきますルル」

その言葉と共にアルバスが動き出す。ザイールたちはアルバスの魔力を感じていない。というよりも、アルバスから魔力が感じられないのだ。

「それじゃあまずは小手調べだ」

そう口にした次の瞬間。大使徒の左手の大剣が宙を舞っていた。一回、二回、三回と宙を回って、地面に突き刺さる。わずかに遅れて、大使徒が叫ぶ。

「な、なななな何をしたあああああああ!⁉ こ、こここここの傷はあ⁉⁉」

「兄者……」

「ああ。アルバス・グレイフィールドはいつ、魔法を使ったんだ?」

完全無詠唱の魔法は他の魔法に比べると発動を感じにくい。しかし、何度も目にしているザイールたちにとっては慣れないが、ギリギリ感じ取ることはできる。

一瞬の魔力の起伏。それで魔法の発動を察知できるのだが……今の魔法は全く察知できなかった。

起こりが自然すぎたのだ。まるで呼吸するように、心臓が鼓動するように、血管が血を巡らせるように、当たり前のような動作で魔法が使われたため、誰も発動に気がつかなかった。

「こけにしおってえ……!! これならどうです⁉」

連射される高圧水流。アルバスはそれを回避することも、ましてや防御することもなく、ゆっくりと軌道を変えず真っ直《ます》ぐに歩く。

高圧水流の方が、アルバスの身体を避けて行く。何十発と連射された高圧水流がアルバスの身体に届くことはなかった。

「ななな何をしたのですか⁉　お前はああああああ‼」

「うん、これなら大したことないね。時間が惜しい。では、君たちに分かるように魔法を使おうか」

アルバスが右手を前に突き出す。次の瞬間、アルバスが纏《まと》った全身の魔力量に、ある者たちは反応した。

それは一部の実力者にしか分からないような魔力の放出であった。本気を出せば国や大陸どころか、世界だって壊すことができる黒い宝石《ブラックダイヤモンド》、魔界の各所を統《す》べる絶対的な暴力の化身――魔王。神界に座す神々や神の敵対者である古龍。そして、遥《はる》か遠い彼方《かなた》の世界で一人戦い続けている史上最強の騎士が、アルバスの魔法に反応した。

「【過剰衝撃音《オーバーショックサウンド》：大合唱《オーケストリオン》】」

それは放たれる。幾重にも共振、共鳴をする極大の衝撃音。それは大使徒の鎧《よろい》を跡形もなく消し飛ばし、ファッティ大臣を大使徒から引き剝《は》がす。

これで全てが終わる。大使徒だけではなく、今までそこにあった扉さえも粉々に消し飛ばし、地面に放り出されたファッティ大臣はそのまま気絶した。

「……終わったのですか？」

「ええ。ルルのお望み通り、ファッティ大臣を生かしたまま……ね」

ルルアリアの言葉に対して、アルバスはパチリとウィンクをしながらそう口にした。

そんなアルバスに駆け寄るザイールたち。ザイールは頭の先から足の先までアルバスを見つめると、核心をつく一言を口にする。

「君は本当にアルバス・グレイフィールドなのか？」

「鋭いですね。ザイール王子。ですがええ。私は厳密に言うとアルバス・グレイフィールドだった者です」

その言葉にその場にいる誰もが驚く。

ルルアリアの時空変遷は、時を操《あやつ》る魔法。ルルアリアはこれで大使徒を倒せるくらいアルバスを成長させたのだ。故に現れるのは成長した未来のアルバスのはずなのだ。しかし、今ここにいるのは……。

「では今のアルバス様は一体？」

「言葉にするのは難しいね。まあ仮に世界の守護者とでも。私……私たちが辿《たど》った未来は、おそらく考えうる限り最悪の未来なんだ」

「最悪の未来……？」

ルルアリアたちは首を傾《かし》げる。ルルアリアは自分が使った魔法がどんなものなのかよく分かっていない。アルバスを成長させる。それが肉体的な面だけなのか、精神的な面なのか、それとも成長させることそのものが間違いなのか、というところだ。

結論から言うと、アルバスは成長したのではなく、未来のアルバスが召喚されたのだ。これには大きな違いがあり、今ここにいるアルバスは未来のことを知っている。これから起こることを。

「うん。ただ、それを君に言うのは酷だから言わないでおくよ。ただ、助言できるとするなら、僕の失われた記憶を取り戻しにいけ。これでおそらく、未来は変えられるはずだ」

「アルバス様の失った記憶……」

その時、ルルアリアの中で点と点が繋《つな》がる。少し前にアルバスと一緒にしたお茶会。そこでアルバスはルルアリアとの出会いを憶えていなかった。

あの時は幼い頃でアルバスが魔法にしか興味がないものだとばかり思い込んでいたが……そうでないとしたら？

その記憶が何かしらの要因で失われたとしたら？

「僕の記憶が眠る場所。叡智《えいち》と大乱戦の国、文明がもっとも進んだ天空都市、遠い昔に忘れ去られた永久凍土、そして面影の故国。そこに僕の失った記憶がある」

「それを……それを取り戻せなければ一体どうなるんでしょうか……？」

ルルアリアは緊張した面持ちでそう口にする。アルバスは数秒間沈黙した後……。

「僕と私が君たちの敵となる。僕の記憶を取り戻すということは、最も魔法の本質に近付いた僕を取り戻すということを憶えておいてほしい」

アルバスがそう口にした後だ。アルバスの身体が少しずつ淡く光り始める。時空変遷の時間制限がどうやらやってきたみたいだ。

「どうやら時間みたいだ。ザイール、ブレイデン、ガラテア……そしてルル。またもう一度、君たちに会えて良かったよ」

「アルバス……様」

不安そうな表情を見せるルルアリアの額に、そっとアルバスは自分の額を重ね合わせる。

ルルアリアは額越しに感じてしまう。このアルバスには熱が全くないということに。冷たい、冷たい身体。それがアルバスが辿るかもしれない未来の姿だということに、ルルアリアはなんとも言えない気持ちを抱く。

「初めてのキスを奪うのは違うと思っているから、今はこれで。ルル……君は自分の信じた道を行くんだ。きっと、アルバスと同じくらい様々な困難が君を待つだろう。けど、諦《あきら》めず、真っ直ぐ。自分の思った通りの道を行きなさい。それがきっと、この世界にとっての最適解だから」

「この世界の最適解……ということはそちらの私は曲げてしまったんですね道を」

その言葉にアルバスが答えることはなかった。そしてアルバスはニコリと笑うと。

「バイバイ。僕の初恋の人。僕に恋を教えてくれてありがとうね」

そんなさようならを告げて、アルバスは元のアルバスへと戻っていく。戻ったアルバスは安らかな表情で眠りについていた。おそらく魔法の影響だろう。

「この世界の最適解……アルバス様の未来……」

ルルアリアはそう呟《つぶや》いて空を見上げる。

こうして英雄祭最終日前日に起きた騒動は幕を閉じる。ファッティ大臣、ザカリー・グレイフィールドはそれぞれ拘束された。騒動の主犯と思われるトリスメギストスは行方《ゆくえ》をくらましたが、廃墟群から魔力を採取され、ギルドマスターであるエレノア主導で大規模な捜索が開始されることとなる。

——そして英雄祭の最終日がやってくる。

エピローグ『黒い宝石たち』

「やっ！　来たなアルバス君、ルルアリア王女。こっちだ」

英雄祭最終日。僕はエレノアに呼び出されて冒険者ギルドのエレノアの執務室に、ルルアリアと共に来ていた。

「エレイン様……それに大兄様も呼び出されたんですね」

「ああ。魔女から直々に話したいことがあるらしくてな」

「そうなんですか。一体どんな用なんですか？　エレノアさん」

僕はエレノアにそう尋ねる。エレノアは執務机から視線を上げると、僕ら三人を見て言う。

「よし、揃《そろ》ったな。竜騎士お主《ぬし》はこっち」

「ああそうだったな。ではこちらに失礼して」

エレインはエレノアの側に立つ。それを確認したエレノアが話を切り出す。

「さて、英雄祭。色々あったと思うがご苦労じゃった。とりあえず、アルバスに一つ伝えることがある。お主をわしと竜騎士の推薦でダイヤモンドに昇格させる」

「ダイヤモンド……って冒険者の最上位ですよね？　え？　僕が？」

「まあ、同じダイヤモンドの俺《おれ》を倒したんだ。それを受け取る資格は君に十分あるということだろう」

そうか……ザイール王子もダイヤモンドの冒険者か。なら謙遜のしすぎもよくない。これは素直に受け取っておこう。

「おお、おめでとうございますアルバス様っ！　しかし最上位まで早かったですね」

「僕が一番驚いているよ……でもそれだけじゃないんですよね？　呼び出したの」

「うむ。ダイヤモンドに上がるにあたって話しておこうと思ってな。我々、黒い宝石《ブラックダイヤモンド》について」

僕はより緊張感を高める。黒い宝石《ブラックダイヤモンド》。それは冒険者の最上位を超える規格外の存在たちに与えられる称号だ。

「今、人間界には十人の黒い宝石がおる。我々はそれぞれ、単独で魔王と戦える実力があること、それに加えてそれぞれが規格外の才能を保持しておる」

「ちなみに魔王というのは魔界の支配者たちだ。アルバス・グレイフィールドも魔法使いなら少しは知っているだろう？」

「はい。他の魔族とは一線を画す最強の存在たち」

魔族は下級、中級、上級、特級と区分され、その上に魔王が存在している。魔王の実力は圧倒的とされ、それぞれが最強を名乗るに相応《ふさわ》しい実力者なのだとか。

「魔王についてはおいおい話すとして、今回は我々のことじゃな。王国には今、二人の黒い宝石《ブラックダイヤモンド》がおる。わしとそこの竜騎士じゃ」

「ギルドマスターが規格外の魔法知識。そして、私が規格外の血筋でそれぞれ黒い宝石に登録されている」

規格外の魔法知識と規格外の血筋。エレノアが魔法の知識について豊富なのは知っていたけど、今になって思うとエレインについては知らないことが多い。規格外の血筋……気になりはするが。

「俺が今留学している学園都市国家にも三人いる。生徒会長、図書委員会の委員長、不良軍の頭領。それぞれ規格外に相応しい才能の持ち主だ。俺はこの三人に散々痛い目を見せられているがな」

「大兄様にそんなことできる人……先生以外にいたんですね」

決闘の時、べらぼうに強かったザイールに痛い目を見せられるような人物。学園都市国家というのだから、僕らと同年代なのだろう。まさかそんなにいるとは。

「その学園都市国家の三人から、アルバスへ向けてそれぞれ招待状が届いておる。奴《やっ》らはどうやら決闘を見て、お主に興味を抱いたらしい」

エレノアが三つの手紙を僕の前に置く。手紙の封にはそれぞれ別の魔力が込められていた。

「学園都市国家は特殊な国でな。生徒と教員以外が入るには、中からの招待状が必要となる。ちなみに生徒会長と委員長はルルアリアも招待したいみたいだ」

「へ……私、ですか？」

　自分が招待されているとは思わなかったのか、ルルアリアが間抜けな声を出す。

「うむそういうことじゃ。学園都市国家には様々な知識が保管されておる。文明的に進んだ国は他にあるが、あそこはアルバスにとっても、ルルアリアにとってもいい経験になるじゃろ」

「俺としてもぜひ君たちに来てほしい。それにルルアリアは憶えていると思うが……学園都市国家リグ・ヴェーダの別称は叡智と大乱戦の国だ」

「それって……！」

　それは未来の僕がルルアリアたちに語った言葉らしい。未来の僕は、僕の失われた記憶のありかをそれぞれルルアリアたちに話した。ルルアリアからその話は聞いたけど、まさかこんなにも早くその一つに行く機会があるなんて……。

「アルバス様の記憶があるかもしれない国……！　行くしかないですよアルバス様！　これは絶対に！」

「ああ、未来のアルバスが語ったことはそこのやんちゃ王子から聞いた。他の場所も行くのに一苦労じゃが、学園都市国家は行きにくさでいえば群を抜いておる。ちょうどいい機会じゃろ」

　学園都市国家。確かに招待状が来て、行けるならいい機会だ。僕の失った記憶。僕がどんな記憶を失ったのかいまいちよく分からない。けれど、そのためにも学園都市国家には行くべきだろう。

「じゃあこの招待を受けます……。未来の僕が語った最悪の未来にならないためにも」

「うむ。お主ならそう言うと思った。ま、話がちょいと逸《そ》れたが、それはそれとして本題に戻ろう」

「次の国は……」

本題は黒い宝石について知ることだ。エレノアとエレインによる説明が再開される。

「そして次の国。大和は、アルバスにとっても無関係な話にはならなそうじゃな」

「それってどういう……？」

大和というのは極東にある島国だ。四方が海に囲まれており、おそらく行くのがもっとも困難な国。それに中も安全と言える場所はなく、通称人外魔境と呼ばれる国だ。

「まずは大和に元々いた三人。鬼姫、九火の白狐《びゃっこ》、太陽と月の末裔《まつえい》。そして、ここについ最近、この三人の推薦を受けて黒い宝石になった男がおる」

「それって……」

いくらなんでも分かる。そうか、あの魔力、あの紫炎。君はそこまで強くなったというのか！

「呪《のろ》いの主、冥王、鬼姫の花婿、そして仙人。それが今のあやつの称号。それが今のアイザック・グレイフィールドじゃ」

聞き慣れない単語が多いけど、一つだけ確実に分かることがある。

最後に口にした仙人という称号。それは大和の中でもダントツに厳しい環境で修行し、才能を開花させた者のみに与えられる称号だ。

これは天才と呼ばれる人が何十年という修行の果てに得る称号。それをアイザックはたった一ヵ月弱で取得したのだ。

アイザックは大和でどんなことを成し遂げてきたのか……それが気になって仕方ない！

「嬉《うれ》しそうですねアルバス様。良かったです。アイザック・グレイフィールドが無事で」

「今の彼はとんでもなく強いぞ……。あ、そういえばグレイフィールドといえばもう一人いたな」

「ああ。アルバスは聞いたことあるか？　こいつのこと」

グレイフィールドがもう一人……？　いや、少なくとも僕は知らない。

「故国の守護者、魔王の天敵、黒騎士、鏖殺《おうさつ》の地平、彼の名をカルマ・グレイフィールド。何か知らんか？」

……カルマ・グレイフィールド。その名前どこかで聞いたような……いや、思い出せない。

「いや分からないです。僕は」

「そうか。まあこれで黒い宝石《ブラックダイヤモンド》については以上じゃ。あとは……」

その後、諸々《もろもろ》の話を聞いて、僕らは解散する。王城に戻る道中。ルルアリアが僕に話しかける。

「そういえばアルバス様は未来のアルバス様が、私のことをどう呼んでいたのか気になったりはしませんか？」

「……ん？　どうしたんだい？　やぶからぼうに」

そういうルルアリアの様子はどこかモジモジとしていた。ルルアリアがそんな態度を取るなんて……珍しい。

「で……ですから、学園都市国家にも行くことになりましたし、いつまでもルルアリア王女様というのは、その呼びにくいかなと思いまして……」

「……いやでも呼びにくいとか感じたことないですし」

次の瞬間のルルアリアの表情。

それが僕にとってはルルアリアとの英雄祭の最後を締めくくる印象的な表情だった。頬《ほお》を真《ま》っ赤《か》にして、ルルアリアはいつもだと言わなそうな口調で一言。

「ですからあ!!」

その後のやり取りは僕とルルだけの秘密としておこう。

巻末エピソード　『束の間の休息と小さな恋の始まり』

「アルバス様っ！　次はあそこ！　あそこ見に行きましょう！」

「わわっ！　そんなに急ぐ必要ありますかルルア……ルルっ！」

僕は彼女に手を引っ張られながら残りわずかとなった英雄祭を楽しんでいた。

英雄祭。初日の決闘の申し込みから始まり、七日目の決闘、その後のルルの誘拐事件とトリスメギストスとの戦い。

それらを乗り越えた僕とルルは屋台巡りをしている。買い食いや大道芸、異国の装飾品などの様々な屋台を見て回っていた。

「それにしても嬉《うれ》しいです。まさかアルバス様とこうして英雄祭を回れるなんて」

「それは僕も想像していなかったな。この数日色々あったけど、最後は平和に終われそうでなによりだよ」

カフェに入った僕らはひと休みがてらそう話す。英雄祭、何か起こるだろうとは感じていたけどまさかここまで激動になるとは正直思っていなかった。終わってみると一気に疲れがどっと来た感じだ。

「先生と大兄様曰《いわ》く、怪しい動きをしていた貴族たちは沈静化。ファッティ大臣をはじめとした今回の事件の関係者は軒並み捕まったみたいです。楽観視はできませんが、あれだけのことがあった分成果は大きかったみたいですね」

「けど肝心のトリスメギストスには逃げられてしまった。騎士団とギルドが総出で捜索しているらしいね」

「そうですね。ままっ、トリスメギストスを追い詰めた大兄様たちやアルバス様は休むべきです。今にも僕も探しに行った方がいいんじゃないか……って言いだしそうな顔してましたよ」

ルルが笑いながら言うのを聞いて、僕は自分の顔をペタペタと触る。トリスメギストスを逃がしてしまったことに責任を感じている。

「ただ、悪いことばかりではないらしいですよ。拘束した貴族からの証言でトリスメギストスの拠点が判明したらしいですし。少なくとも王国では大きな活動はできないでしょう」

「そうあってほしいな……。次戦う時は音波信号でも仕込むか」

「あはは。そういうところアルバス様らしいですよね」

あの時は仕留めるつもりで魔法を撃ったんだけど、アンデッドなのは見抜けず逃走を許してしまった。

しかし、アンデッドとはいえ、半身を失うようなダメージをトリスメギストスは負っている。魔力で回復しようにもしばらく時間が必要だろう。その間は特に大きな行動は取れないはずだ。

「それにアルバス様の功績が認められて、アルバス様を追放すべきという意見はかなり弱まったみたいですよ。お父様は少なくともアルバス様のことを評価しているみたいでした」

「お父様って……。国王様が？」

「はい！　今度機会があれば会ってみたいとも」

国王と謁見。ダメだ想像しただけで少し気持ち悪くなってきた。国王様の姿を僕はよく覚えていない。昔、一度か二度は見たことあるけどそれ以来見たことはないのだ。

王城で生活しているとはいえ、国王や王妃とは別区画に住んでいる。二人に会えるのは家族であるルルたちか、大臣などの一部権力者だけだろう。護衛の僕が立ち入ることは許されていない。

「ま、そんなアルバス様の活躍ですが……すごかったですよ。英雄祭が始まってから」

「そ、そうかな……？　でも、まあ。ここ数日で急激に成長したって感じるよ」

英雄祭の初日から七日目まで。修業や決闘で僕の魔法使いとしての実力はかなり上がっただろう。興奮や熱狂などの外的要因。それがまさか自分を成長させるきっかけになるとは夢にも思っていなかった。

「ここ数日はまさに激動。いろんなことがありましたが、私が一番印象に残っているのはなんと言ってもアルバス様の詠唱ですね！」

「あれなんだ。やっぱりみんな意外だったんだね。僕の詠唱」

「そうですよっ！　なにせアルバス様はこれまでずぅーっと無詠唱を強みとしていましたから

ね！　まさかここに来て詠唱を使うなんて思ってもいなかったですよ」

音属性の強みは無詠唱と完全無詠唱による魔法発動の速さだ。魔法戦においてはこのアドバンテージは大きく、そのおかげで乗り切れた戦いは数しれない。

その強みを捨てることで得られる強さがあるんじゃないだろうかというのが、あの時の発想。それがまさか自分の出力、実力を遥《はる》かに超えた魔法を生み出すことになるとは思ってもいなかったけどね。

「あれの完成はかなりギリギリだったんだ。どちらかと言うとお手本を見せてもらった結界魔法の方が早かったかな」

「意外です。詠唱が必要な私たちの感性では結界魔法の方が難しいのですが……アルバス様はそうじゃないんですね」

「まあね。詠唱の感覚を摑《つか》むのにかなり苦労したし、特に心音詠唱とかと同期させるのに苦労したかな」

普通の詠唱と心音詠唱と身音詠唱、この三つを同期させて多重詠唱にする……これがかなり難しく完成までに時間がかかった。

その点、結界魔法は完成までにそう時間はかからなかった。魔法書もあったし、音属性の魔法書にも結界魔法の構想は書いてあったから……。

（響音室《ライブボックス》のもう一つ上。あの人は音属性の結界の完成をどこに置いていたのだろうか……？）

ふと頭をよぎる一つの疑問。

響音室は音属性の魔法書に書かれていた魔法だ。自己の強化と相手の妨害に特化させた結界。それ以外にも数種類ほど書かれていたが、作者の理想形はどうやらそれらではないらしい。

あの魔法書の執筆者は結界の発動と同時に勝ちが確定するような結界を目指していた。それがどんなものだったのか……。すごく気になってしまう。

「アルバス様？　どうされたのですか？　ぼーっとして」

「ああいや、少し考え事をね」

「そうでしたか。そういえば、アルバス様に聞きたいな～～と思ってることがありまして、修行ってどんなことをしたのですか？」

「修行の内容……？　話してもいいけど、面白《おもしろ》くないかもよ？」

「まあまあ。それは私が聞いて決めますよ。ささっ、どんなことをしたのか聞かせてくださいな」

ルルはそう言って話を促す。まあ確かに、ルルは僕の修行を見ていない。数日間ほぼ修行で訓練室にこもっていたんだ、ルルとしても気になることはあるだろう。

「うん、じゃあ話すね。どんなことをしたのか」

僕は思い出しながら語る。時はルルの結界発動後まで遡る。

＊＊＊

「二人は……詠唱ってどんな風にやっていますか？」

それは半分答えが分かっている質問だ。

属性を手に入れるほんの数ヶ月前までは無属性の魔法を使うために詠唱はしていた。けれど、ここ一ヶ月。音属性を手に入れてからは無詠唱もしくは完全無詠唱に身体が慣れすぎている。

「詠唱……か。改めて聞かれると答えに困る質問だな。ガラテアはどう思う？」

「魔法書に書かれている通りとしか答えようがないですね……。確かに難しい魔法は精密な魔力操作を必要としますが……」

詠唱とはそれを唱えるだけで条件さえ満たしていれば魔法が発動する。便利な代物だ。

今の魔法使いにとって詠唱とは欠かせないもの。僕の質問は声を出す時にどんな風にしているる？　みたいなごく当たり前のことを聞いているようなものだ。

「兄者に勝つための手段か？　しかし音属性の強みをわざわざ捨てるような真似《まね》してもいいのか？」

「私もブレイデン王子と同じ意見です。君の場合、わざわざ詠唱せずとも攻撃できるのだからかならない」

攻撃手段を増やした方が……」

「いや、ダメなんだ多分それじゃ。僕の手数を増やす……これでは中途半端《ちゅうとはんぱ》な付け焼き刃にしかならない」

残された時間はかなり短い。今から新魔法を習得するといっても、使い慣れている衝撃音《ショックサウンド》や爆音波《バーストサウンド》の域を超えないだろう。

「僕が今やるべきことは攻撃魔法の種類を増やすではなくて、今ある攻撃魔法を強化する方面だと思います。衝撃音から過剰衝撃音《オーバーショックサウンド》みたいに」

「既存の魔法に一つか二つ工程を増やして、威力の増強っていうわけか。なるほど、確かにそっちの方が可能性はあるか」

「何の魔法を強化するつもりで……？」

「……爆音波」

僕は少しだけ考えた後、ガラテアの質問にそう答える。

爆音波。僕が使う魔法の中でも最大の魔法だ。極大の音波を相手に発射するこの魔法は、高威力と長い射程、広い攻撃範囲の代わりに完全無詠唱で使えない。

使うだけなら可能だ。しかしこれを改造して強化系を生み出すとなると難しい話になるだろう。

「あの魔法の強化となれば、兄者を一撃で倒せる可能性があるかもしれねえ」

「それでも負ける方が濃厚……。あの人と僕とでは実力が違いすぎる」

「そうなのか？　私が見た感じ、君もザイール王子様も大差ない魔力量だったと思うが」

魔法使いの性能で大差つけられていない。これは大きな壁だ。なにせ向こうは四大属性中の三属性を持ち、おまけに闇《やみ》属性まで持っている。

学園国家に留学しているのも大きいだろう。噂《うわさ》でしか知らないがあそこに入ることができた魔法使いは数ヶ月で凄《すさ》まじい成長を遂げるという。

ザイールは元々天才よりの人間。それがさらなる成長を遂げていたとしたら、僕に勝てる道理はない。

「魔力だけで見たら拮抗《きっこう》している……けど」

「そもそも属性を持ってからの魔法使いの経験値が違うからな。二年と一ヶ月だぜ？　普通に考えたら無理だろ」

「まあ確かに言われてみれば……。しかし弱音を吐いていたら勝てるものも勝てないです。何か対策を見出さないと」

ガラテアの言う通り。経験値を理由に負ける言い訳をしていたら元も子もない。勝つための手段。少しでも勝てる可能性を増やせるようなそんな都合のいい魔法……は。

「ある。これだ」

「は？　これって……どれだ？」

「……あっ！　この部屋にかかっている魔法!!」

ブレイデンは首を傾《かし》げ、ガラテアは天井《てんじょう》を見上げながら答える。

「そう。この部屋にかかっている魔法……つまり結界魔法を習得する」

「なるほどなるほど……って！　いやいやそんな簡単にできたら誰《だれ》も苦労しねえよ！　兄者も俺《おれ》も結界魔法の習得には挫折してるんだよっ！」

「ブレイデン王子の言う通りだ。流石《さすが》に無謀すぎる……！　君なら分かるだろう!?　かつてグレイフィールドの神童と呼ばれた君なら！」

驚きのあまり、声を荒げる二人。ガラテアに至っては素の口調に戻っているほどだ。

そう、結界魔法の習得は難しいどころの騒ぎじゃない。属性を持っていなかった時、僕も練習したことがある。しかし、結界の初歩でさえ習得には一年半近くかかった。音属性を得るまでに使えるようになった結界魔法はほんの基礎部分だけ。

そこから実戦で使える魔法に仕上げるにはかなりの時間と労力が必要となるだろう。けれどそれは完全な独学の場合。音属性の魔法書には音属性の結界、その基礎理論が書かれている。

「この魔法書に書かれている結界、これならできそうじゃない？　多分他の結界よりもザイール王子に有効だと思うんだ」

「なになに……なるほど、攻撃性能を完全に捨てる結界か。確かにそれなら多少習得は簡単なのか……？」

「結界の主な役割は閉じ込める、入らせない、自己の強化、相手の弱体化と多岐に渡るが……一番は強化した攻撃魔法を確実に相手へ叩《たた》き込《こ》むこと。それを捨てればできるのか？　君なら」

ガラテアとブレイデンの視線がこちらへ向く。

結界の役割はガラテアが言った通り。結界は習得や構築に手間や労力を必要とする分、強力な効果が得られる。

言ってしまえば発動さえしてしまえば勝ちなのだ。優れた結界魔法の担《にな》い手は自身の結界だけで戦況を大きく覆《くつがえ》すことができる存在。

戦争でいえば一手で戦況を変えて、戦争を勝利に導ける。結界魔法とは戦略兵器なみの価値を持つのだ。

その強みを捨てる。発動さえしてしまえば勝ちの結界を習得できればそれがいいだろう。しかし、いくら自分でも不可能だと分かっている。

だからこそ、最大の強みを消し、ザイールと僕の実力差を埋めるもしくはダメ押しの一手としての手段で結界魔法を使う。

僕が選んだ響音室。この魔法は実にそれらしい性能だ。詠唱破壊の自動化と無詠唱の補助。発動時の隙が大きく、集中力や魔力といった多くのリソースを割く詠唱破壊を自動でやってくれるというのはありがたい。

「よし、それじゃあ方針決まったところで練習あるのみだな。結界だけじゃなくて、肉弾戦もやるぞ！　兄者は強え、油断はできないからな」

「私でよければ肉弾戦はいくらでも相手になろう。君から学べることは多いはずだ」

「じゃあとりあえず身体動かしますか。魔法でもなんでも使ってきてください。二人まとめてで大丈夫ですよ」

僕らは立ち上がりながら互いに距離をとる。結界魔法の習得、爆音波の強化案、この二つだけでもかなり大掛かりな修行となるだろう。それに加えて、肉弾戦や魔法戦の訓練。少したりとも時間を無駄にできない。

「じゃあ始めますよ二人ともついてきてくださいっ！」

＊＊＊

「……ってまあ、あとはこんな感じで実戦形式の訓練と魔法の構築訓練を繰り返していたかな。結界魔法が形になったのは三日目、爆撃轟音波《フルバーストサウンド》は当日の朝に完成したっていうわけ」

「ああ、あれですね王城の訓練室ぶっ飛ばしたやつ」

あれはやりすぎたと思っている。しかし、今にして思うと魔法と対魔法のロングコート、魔力による防御だけで、あのダメージに抑えたザイールって結構すごかったんだな……。下手したら全身が吹き飛んでてもおかしくない威力だったのに。

「アルバス様の修行の話を聞いてるといいなあって思いますよ。ガラテア様が羨《うらや》ましいです」

「いつも一緒に農作業やってるでしょ僕ら……といっても、確かにルルと魔法の訓練とかそういうのやったことがないね」

「そうですよ！　私だって魔法使い！　ということですので、実は裏で先生と魔道具作ってたんですよ。私専用の」

にこりと笑いながらそう言うルル。彼女の時空属性は自分に対して使えないという大きすぎる制約がある。

これがルルの性能不足によるものなのか、それとも時空属性の特性によるものなのかは分からない。前者ならルルの成長と共に解決する可能性があるだろう。そうなれば僕以上……いや、噂に聞く僕の母さんを超えるような魔法使いになるかもしれない。

「今回で、私も強くなるべきだと思いました。トリスメギストスの一件、あれは私に戦闘能力がなかったからこそ起きたことです」

「目を離した僕も悪い……じゃ、ないか。確かにいつも僕とルルが一緒にいられるわけでもない」

「そうです。アルバス様が傷を負う理由の一つに、私が弱いことも含まれていると思うのです」

それについては何も言わない。僕には僕の意見があるように、ルルにはルルの考えがあるのだろう。

護衛として常に一緒にいられるわけではない。僕らは異性同士で立場も大きく違う。それにルルの護衛は今のところ僕一人で、ルルが声を取り戻したことは黒幕であるトリスメギストスにも知られた。

これからより一層、ルルを狙《ねら》う魔の手は勢いを強めていくことだろう。その時、僕一人だけでは彼女を守りきれないかもしれない……なんてことは言わないけど、でも彼女自身が強くなろうとしているのはいいことだと思う。

「時空属性の魔法書には、自分に使う想定の魔法も書かれていました。つまりこれは」

「魔法書の執筆者は時空属性の制約、それがなかったのか解決したのか、もしくは解決する可能性があると見出したのか、そのどれかということだね？」

こくりとルルは頷《うなず》く。魔法書が希少なのは音属性と時空属性が抱える問題の一つ。

希少な魔法書の執筆者は僕ら以上にこの問題と向き合ったのだろう。それこそ歴史を変えるような、もしくは別の属性に生まれていれば文明が一歩進められるような天才が、気が遠くなるような長い年月をかけて書いたもの。自身の経験と研究の全《すべ》てを後世に残すために書き上げたもの。

それは未完のものかもしれない。もしかするとこの属性にはこういう可能性がある、私には成し得なかったその先を君に託す。そういう意味合いで書かれている魔法もいくつかあるのだ。

おそらく、先代の時空属性の魔法使いはその可能性を見出していた。もしくは克服していたかもしれない。時空属性の制約を。

「それについてギルドマスターはなんて？」

「先生は具体的な方法は思いつかないが可能かもしれないと。私の魔法使いとしての成長、属性への理解が深まっていけばいずれは」

「なるほど。そこで魔道具の話に繋《つな》がるわけか」

「はい。魔道具でその制約をどうにかして解決するという方向で。私が学園都市国家の委員長から招待されているのは、彼女に魔道具の作成を依頼したからです」

ギルドマスターのエレノアであれば、外部からの侵入ができない学園都市国家との繋がりもあるのか。エレノア経由でその委員長という人に依頼したのだろう。

ルルが招待を受けたのはその魔道具関連なのか。生徒会長との繋がりはちょっと見えないけど。

「へえ？　ちなみに、どういう魔法使いなんだい？　黒い宝石《ブラックダイヤモンド》に興味があってさ」

「一応先生から雑談がてら三人のことは聞いていますよ。聞いて驚かないでください。なんとこの三人、三人とも希少属性です」

　希少属性……！

　僕とルルと同じ、ハズレ属性と呼ばれる人たち。僕が知る黒い宝石《ブラックダイヤモンド》、エレノア、エレイン、アイザックの三人はみんな四大属性か、その要素を含む魔法を使う。

　冒険者ギルド最高峰の希少属性の魔法使い。その実力、どんな魔法を使うのか気になって仕方ない。

「生徒会長は私の時空属性に近い属性と。そして、アルバス様以上の天才。魔力量、出力、属性への理解だけではなく、人格面も兼ね備えた生徒会長に相応《ふさわ》しい人と先生は言っていました」

「時空属性に近く、僕の以上の天才か。なんだかまるで僕とルルの中間みたいな人かもね」

「そうですかね？　図書委員会の委員長。今回私が魔道具の作成を依頼している人ですが、彼女は結界魔法と錬金術の使い手です。先生は音属性以外で史上もっとも完全無詠唱に近づいた少女と評しています」

　その言葉に身体が震える。かつてエレノアと共に戦った時、詠唱を代替する魔道具のことをあまり評価していない様子だった。

　無詠唱や完全無詠唱に辿《たど》り着く方法はいくつも編み出されたが、そのどれもが実用に達するようなものではない。そういうニュアンスの言葉をエレノアは語った。

そんな彼女が完全無詠唱に近づいたと評する魔法使い。一体どんな風に、どんな手段で完全無詠唱に近づいたのか。これも興味をかき立てられる。

「そして不良軍の頭領ですが……、あの、その、これはですね、えーと」

「ん？　どうしたんだい？　歯切れが悪くなって」

ルルが珍しく歯切れの悪い感じだ。彼女が言葉を詰まらせるようなところ、初めて見たかもしれない。これはこれで新鮮だね……。

「先生に言われたことをそのまま言いますね。彼については何一つ分からない。魔王、冒険者、そしてアルバス様のお母様を含めて、一番理解不能で解析不能で、この世ではあらざる未知の存在を操《あやつ》る属性。唯一分かることは魔法書が存在せず、歴史の中で彼が初めてその属性の発現者ということ」

「過去に存在していない属性……？　神代からずっと？」

「はい。神々の時代から現代に至るまで。その属性は一度も姿を現していません。アルバス様の音属性、私の時空属性も属性という大きなくくりではかなりの異物《イレギュラー》。しかし、彼はその中でさらなる異物」

「その属性の名前は……？　分かるのかい？」

神代、つまり何千年、何万年という昔。そこから今に至るまで一度たりとも現れることがなかった属性。そんなのがあるのか……？

広大な歴史の中で唯一見つけられなかった属性。少し気になるのはそれをそうだと言い切ってしまうルル……いやこの場合はエレノアか。彼女はなぜ誰も見たことがないと言い切れるのか、まるで歴史そのものを見てきたような口ぶりにも聞こえるが、これは気にしないでおこう。

「彼曰《いわ》く、その属性の名前は『虚空《こくう》』。存在しない物質を操る属性。彼は規格外の属性で黒い宝石に認定されています」

虚空……規格外の属性。存在しない物質を操る魔法とはどんなものなのだろうか。

自然と笑みが溢《あふ》れる。本当に良かったと思う。ルルと出会わなければこんな未知の出会いをすることになるなんて思いもしなかった。

その時が待ち遠しい。学園都市国家、叡智《えいち》と大乱戦の国、そして僕の失われた記憶が眠る場所。そこに行く日がすごく。

「楽しそうですね。期間限定とはいえ学生生活ですよ学生生活っ！　私も楽しみなんです、制服とかもらえたりするのかな～～って」

「ああそうか。ルルは王族だから学校とかあまり縁がないのか……」

「そうですそうです。王族は王城での学習が主になりますからね。まさかこんな形で憧《あこが》れの学校に行くことになるなんて思っていなかったですよ。アルバス様の無茶にも少しは感謝しないといけませんね」

ルルは年相応の笑みを浮かべる。学生生活、確かに心躍るものがあるかもしれない。僕にとっても初めての経験だ。楽しい学生生活というか、平和な学生生活になればいいんだけどなあ……。

「学生といえば何をやってみたいですか？　学園都市国家は色々と異色な国とはいえ、学園ですからいろんなことが経験できると思います」

「うーんそうだな……僕も学園というのにピンとこなくて。そもそもあそこがなんで国なのかいまいち知らないし」

「実は予習してきたんですよ私。学園都市国家。簡単にいうと学校を運営する生徒による組織がそのまんま、国を運営しているみたいです」

「生徒による組織といったら生徒会とか委員会的な？」

「はいっ！　それら組織が学校運営、つまり国を運営しているわけですね。王国でいうところの大臣たちや騎士団が近いですっ！」

学校の組織運営と、国の組織運営とではかなり差がありそうだけど……。しかしすごいな規模の飛躍感。え？　ということは。

「もしかして、国を運営してるのって僕らと同年代……だったり？」

「勘がいいですねアルバス様！　その通りです！　学園都市国家はほぼ、我々と同年代の人たちで運営されている国なんですよっ!!」

おいおいマジか。僕らの年代って勢いや活気はあるだろうけど、その代わり経験に乏しく、何かと暴走しがちだ。実際僕もルルも何かと斜め上の行動取るし……。

それで国家運営ってすごいな。とてもじゃないけど僕にはできなさそうだし、同時にザイールが留学している理由も分かる。

ザイールはこの国でそういうのも学んでいるのだろう。次期国王になるということ、それを学びに。

「国全体を統治しているのは生徒会。各部の専門的なところを運営する各委員会、そして生徒会に反発するレジスタンス組織の不良軍。基本的にはこの三つのくくりで運営されているらしいですね」

「本当に国なんだ……。というかレジスタンスまであるのか……。すごいところだな」

「こうして聞くとワクワクが止まりませんよね！　体育祭に文化祭！　どんなことをしているのでしょうか楽しみですっ！」

学園が国になっているのだ。普通の学校行事もそれは国規模での開催になるだろう。そう考えるとすごく楽しみだ。僕らが行く季節、それが何かしらの行事に重なっていることを願おう。

「学園都市国家。そこに行くまでには私も少しは強くなっていればなと思います。もしかしたらこれまで以上に単独行動が増えるかもしれませんしね」

「そうかな？　一緒に授業を受けたりするかもしれないけど……まあそうかもしれないかな？」

「ふふっ。嬉しいことを言いますね、小兄様に何か教えてもらいましたか？」

……？？　なんでそこでブレイデンの名前が出てくるんだ。女の子の喜ばせ方……とか？

「ですが、いつまでもアルバス様に守られるだけではいけません。次があればその時は私がア、ア、アルバス様を守ります」

「護衛対象に守られる護衛って初めて聞いたよ。でもうん、期待しているよルル。……じゃあ早速、簡単な訓練でもしてみるかい？　やってみたいと言っていただろう？」

「え⁉　いいんですか！　行きましょう行きましょう！　私もやってみたいですっ‼」

ルルに手を引っ張られて、僕らは王城へと戻る。もうルルの頭の中には僕と英雄祭を楽しむ……そんな目的を忘れてしまったかのようだ。

急いで準備を整えた僕らは王城の訓練室に入る。ルルと初めての訓練か……。どんなことをしようかな。

「さあ！　アルバス様！　何をされますか⁉　何でもいいですよ！　さあさあ‼」

「お、落ち着いてルル！　じゃあ最初は……」

訓練室でどんな訓練をしたのか、それは僕たちだけの秘密としておこう。

この訓練を機に、ルルは急激な成長を成し遂げることとなる。あと一つ、大きな起爆剤があれば僕に届きうるほどに。

その才能の一端を目にしたのだから、今これを知っているのは僕だけでいい。僕だけが彼女

に秘められた魔法使いとしての可能性を知る。

「さあ！　よろしくお願いしますアルバス様っ！」

ルルはニカリと明るい笑顔を見せて僕にそう告げるのであった。

＊＊＊

ずっと考えていた。

君に出会ったあの日からずっと。私のこと、君のこと、私の魔法、君の魔法。

狭い世界、狭い価値観。ただ、そうあるべしという教えに従って生き、心のうちで自身のことを恥じ続けた日々。

君と出会ってから、君の魔法を見てから、君に完膚なきまでに叩きのめされたその時から。

私は私のハズレ属性のこと、君のことだけを考え続けていた。

この感情をなんと言うのだろうか？　何をする時も君の姿、君の言葉、君の魔法が心の隅にいる。気がつけば君のことを考えてしまう。

私はその答えが知りたくて、自然と君のことを探していた。そして、私は君のことを見つける。

「アルバス……と、ルルアリア王女様」

訓練室で訓練していた二人。ふと足を止めて、私はその訓練室の方へ足を向けていた。

「ガラテア様っ！　ちょうどいいところに来られました！　一緒にどうですか？　訓練！」

「え？　あ、ルルアリア王女様⁉　訓練って何の⁉」

「いいですからいいですから！　ささっ！　こちらへどうぞ！」

私のことに気がついたルルアリア王女様が、私の手を握り引っ張る。訓練室の中に入ると肌身で感じる。アルバス・グレイフィールドの凄まじい魔力を。

私との戦い、ブレイデン王子との戦い、ザイール王子との決闘、そして大使徒とトリスメギストスとの戦い。

それら全てを乗り越え、それら全てに勝利した男。改めて目にすると数日前とは比べ物にならないほど、気圧《けお》される。なんという成長能力……！　これがグレイフィールドの神童。

「君に頼みがあるアルバス・グレイフィールド。聞いてくれるか？」

「ガラテア……さん。ああうんいいよ話してみて」

私は真っ直《まっす》ぐ彼を見つめる。自然と剣の鞘《さや》を握る手に力がこもる。私はゆっくりと剣を抜きながら、彼へこう告げた。

「ブレイデン王子とやった時みたいに。一手だけ。一手だけの魔法戦に付き合ってほしい。ダメか？」

「いいですよ。やりましょう。ちょうどひと段落ついたところなので。いいよね？　ルル」

「ええいいですよ。前とは理由が違うみたいですしね」

ルルアリア王女様はいたずらっぽくに微笑《ほほえ》むと、私の頼みを了承してくれる。

程なくして私とアルバスは訓練室の中央。そこに向かい合って立つ。一手だけの勝負。私と彼との距離。胸に残る感情への答え。その全てを解決するため、その全てを載せて、私は詠唱を開始する。

『雷鳴よ、我が身に纏《まと》いて、響き、轟《とどろ》き、音をも超える斬り裂く一閃《いっせん》となれ』

全身に紫電を纏う。剣をゆっくりと構える。それを見て、アルバスもまた構えを取る。

そして一手限りの戦いはお互いの魔法名と共に決着する。

『雷鳴戦姫!!』

「【爆音波《バーストサウンド》】」

アルバスを通り過ぎるように放った剣による一閃。アルバスが放った魔法。

膝《ひざ》をついたのは言うまでもなく、私の方。剣は砕け、直後全身を襲う激痛に私は膝をつく。

「大丈夫かい？　君が望んでいる通り、本気で撃った」

「見抜かれていたのだな私は。ありがとう……私の望みに応《こた》えてくれて」

差し伸べられた手を取りながら私は立ち上がる。

言わずとも分かってくれた。私が望むことを。

噂に聞くと彼は人の心というものに疎《うと》いらしい。確かにそのような片鱗《へんりん》は少しある。彼の言葉はどこか人離れでしていて、人の感情とか分かっていないんじゃないかと。

けれど違った。そうではないのだ。

アルバス・グレイフィールドはどうしようもなく平等なんだ。人の心が分からないではなく、彼には絶対にブレない物差しがあるということ。

どんなに罵られ、どんなに酷《ひど》い言葉を浴びせられ、どんなに辛《つら》いことをされても、彼はただ一点だけのことで人々を平等にみる。

それは魔法。彼は魔法というレンズを通して、人のことを平等に見ている。だからこそ、魔法を通せば彼に伝えたいことも伝えられる、彼は理解してくれるのだ。

「ありがとうアルバス・グレイフィールド。君に出会えて良かった」

ようやく胸の中にあった名もしれない感情。その感情に答えが出た。

憧れではない、尊敬でもない、嫉妬《しっと》や憎悪《ぞうお》でももちろんない。

彼と同じレンズで、どんな世界が見えるのだろうか。彼にはどんな風に世界と人々が映るのだろうか。そんな彼の視点を共有してみたいという感情。

その後、私は知る。この共有する心の名前を。

そう、私はこの日、君に恋をしたんだ。アルバス・グレイフィールド。

あとがき

お世話になっています路紬です。やあ皆さんまたお会いしましたねっ！

色んなことを言いたいのですが、まずは一言。今回のアルバス様の挿絵、全部カッコ良すぎないか？　いやもう百点満点中五兆点くらいの出来がかっ飛んできて私はもうビビりましたよ！

とまあ二巻の発売を誰よりも楽しみにしていた作者の言葉なのですが、今回は一巻とは打って変わって王族や貴族、この王国における四大属性とハズレ属性ってどういうものなの？的なお話を書きましたっ！　楽しめたでしょうか？

特に最後らへんのアルバスの成長した姿が現れるところはルルアリアというキャラクターが完成した時からずっと書いてみたいなという展開でして、それをかけて大変良かったと満足しておりますっ！

アルバス以外に目を向けると、今回ではルルアリアの二人の兄の登場やハズレ属性と四大属性のハイブリッドであるガラテアの登場、黒幕であるトリスメギストスとアルバスの邂逅や少しずつ話の中で明らかになっていくアルバスの母、ソフィアルージュのこととかとにかく色んなキャラクターや展開が出てきて退屈しない話になっているんじゃないかなと思います。

大兄様であるザイールは一巻の巻末エピソードにて少しだけ登場しましたね。ルルアリアが最初に魔法を教わったのはザイールで、ザイール留学以降はエレノアがルルアリアの師匠となっています。

一巻の巻末エピソードの内容とかも拾いつつ、音属性ならではのバトルや展開が書けたと思いますっ！

遅れましたがここで謝辞を。

先ずは編集のさわおさん、ここまで導いてくださりありがとうございます。心が折れかけた時、貴方の言葉がなければ筆を取る理由を見失ってました。本当に感謝しています。

次につなかわさん。いや本当にめちゃめちゃ良かったです今回のイラスト！　ラフ画を見た時のスマホ落としかけた興奮は今でも思い出せます。それくらい衝撃的で素敵なイラストでしたっ！

そしてこの本を取っていただいた読者の皆様！　本当にありがとうございますっ！　とってもとーっても!!　もうこれ以上に語彙が見つからないくらい感謝しています！

ハズレ音属性は私一人の力ではここまで作り上げることができないんだなと改めて思います。

プロという舞台に立って本当に良かったと心の奥底から思います！

最後に一つ言って締めとさせていただきます。いつの日にか憧れであり、尊敬していると言った作家さんの背中を追いついて追い越すために、これからもたくさん挑戦していきます！私は日本一のライトノベル作家になりますっ！　では皆さんまたお会いしましょう‼　ありがとうございましたっ‼

あ、あとＴｗｉｔｔｅｒで＃ハズレ音属性で感想を呟いてくれるとすごく励みになります！

ファンレター、作品の
ご感想をお待ちしています

〈あて先〉

〒106－0032
東京都港区六本木2－4－5
SBクリエイティブ（株）
GA文庫編集部 気付

「路紬先生」係
「つなかわ先生」係

本書に関するご意見・ご感想は
右の QR コードよりお寄せください。

※アクセスの際や登録時に発生する通信費等はご負担ください。

https://ga.sbcr.jp/

ハズレ属性【音属性】で追放されたけど、実は唯一無詠唱で発動できる最強魔法でした2

発　行　　2023年11月30日　初版第一刷発行
著　者　　路紬
発行人　　小川　淳

発行所　　SBクリエイティブ株式会社
〒106−0032
東京都港区六本木2−4−5
電話　03−5549−1201
03−5549−1167（編集）

装　丁　　AFTERGLOW

印刷・製本　中央精版印刷株式会社

ISBN978-4-8156-1928-2
Printed in Japan　　GA文庫

試読版は
こちら!

クラスのぼっちギャルをお持ち帰りして清楚系美人にしてやった話6

GA文庫

著：柚本悠斗　画：magako　キャラクター原案：あさぎ屋

　ひと時の別れがお互いを成長させ、また感情の整理がついたことで、晴れて恋人として結ばれた晃と葵。

　ある日、習慣となっている電話中に修学旅行の話題になると、偶然にも行き先が同じことが判明。二人は自由行動を共に回ろうと約束する。

　観光名所や和菓子屋巡り、着物姿で町歩き……泉と瑛士、そして転校先の学校で出来た友人・梨華と悠希も交えて、一行は京都の町を満喫。

　受験シーズンを来年に控え、遊び歩けるのもあと少し。楽しい時間を過ごしながらも、やがて来たる将来を見据え、二人の時間もゆっくりと動き始めていく。出会いと別れを繰り返す二人の恋物語、未来に歩み出す第六弾！

第16回 GA文庫大賞
GA文庫では10代~20代のライトノベル読者に向けた
魅力溢れるエンターテインメント作品を募集します!
物語が、華ひらく。
イラスト/風花風花
大賞賞金300万円+コミカライズ確約!
◆募集内容◆
広義のエンターテインメント小説(ファンタジー、ラブコメ、学園など)
で、日本語で書かれた未発表のオリジナル作品を募集します。希望者
全員に評価シートを送付します。
※入賞作は当社にて刊行いたします 詳しくは募集要項をご確認下さい
リニューアルで選考課程を一新!!!
応募の詳細はGA文庫公式ホームページにて
https://ga.sbcr.jp/